风暴
来的那一天

吴泹默 著

中信出版集团|北京

图书在版编目（CIP）数据

风暴来的那一天 / 吴沚默著. -- 北京：中信出版社，2020.5
ISBN 978-7-5217-1616-0

Ⅰ.①风… Ⅱ.①吴… Ⅲ.①长篇小说—中国—当代 Ⅳ.①I247.5

中国版本图书馆CIP数据核字(2020)第031721号

风暴来的那一天

著　　者：吴沚默
出版发行：中信出版集团股份有限公司
　　　　　（北京市朝阳区惠新东街甲4号富盛大厦2座　邮编　100029）
承　印　者：北京盛通印刷股份有限公司

开　　本：787mm×1092mm　1/32　　印　张：7.5　　字　数：150千字
版　　次：2020年5月第1版　　　　　印　次：2020年5月第1次印刷
广告经营许可证：京朝工商广字第8087号
书　　号：ISBN 978-7-5217-1616-0
定　　价：52.80元

版权所有·侵权必究
如有印刷、装订问题，本公司负责调换。
服务热线：400-600-8099
投稿邮箱：author@citicpub.com

夜晚终于降临。

那是一条河，碧绿悠长，如同很多电影里出现过的乡愁一般，在她梦里流向雾气隐藏着的远方。

河边的少女解开她的头发，走入河水中间，衣服散落河面，如同五色莲花。她走了很长很长的路，赤足走过田野阡陌、浓密得没有缝隙的森林，才走到这里。她忘记了疼痛，也忘记了血管里流淌着的液体正在等待一个出口喷薄而出，她的身体苍白得像一条冷血的鱼，内里却沸腾着。

水猴子什么时候来？

很久很久以前，照顾过她一段时间的老人曾讲过这样的传说，为了不要让小孩子跑到水边。老人说水里有一种水猴子，会把人扯入水底，从此沦为它的同伴，永远待在阴冷的水下。

此刻，她在等待着幽深的水底，有这样一双光滑冰冷的手，轻轻触到她赤裸的背部，然后两只手一起，捉住她的腰，用力扯向无可穿透的大河深处。

这是她最快乐的时光。

·　·　·　·　·　·　·　·

自从租了这个海边郊区的两房小户型，我就没有接到任何工作。

对一个女演员来说，半年的假期的确有点太多，但我没有意识到这一切，甚至连银行户头里还剩下多少钱都忘了。每天睡到中午，打开冰箱胡乱煮食，下午去附近的海边公园游荡，坐在凳子上看一本翻过很多次的小说，然后在日落的时候去超市买食物。

晚上我会上网到很晚，有时困到直接趴在桌子上睡着。手机里堆积了两屏以上的未读短信，对那些不靠谱的试镜邀请，已经懒得去分辨筛选。经纪人似乎已经放弃了我，从她半年没有给我发任何通告就能看出来。

作为一个29岁仍然没有代表作的女演员，我基本上也没有了什么走红的可能。我放弃了自己，我知道。但我不抽烟不喝酒，不吸毒不卖身，没有对不起当年读戏剧社表演训练班时看好我的那个女老师。我其实只是想好好地活着而已。

但直到有一天，我从桌子上醒来，看见前一晚电脑的浏览记录里，净是些"如何无痛自杀"什么的，确实有点被吓到。我不想被人发现残缺腐臭的尸体，因此成为一则社会新闻，虽然这也可能是我演艺生涯开始以来唯一一则新闻，呵。

想想都觉得丧。

此时的我坐在街区公园的椅子上，读着那本读过十几遍的《红楼梦》。这整个阅读动作对我来说没有任何意义，那些文字也是。书里古代的女士们和我一样，百无聊赖地生活在巨大的园子里。但这样的生活毕竟有期限，因为总有一天她们会长大嫁人，之后的日子可谓忙而热闹，运气不好的就会难产而死。命运自然有惊心动魄的安排，我羡慕起书里的人，因为不知道这样的生活我还要持续多久。好在胡思乱想结束之后，天通常也就暗了。

抬头看见海好丑，就算搅拌了夕阳也那么丑。就这样抱着书走回家。路过一家尚未关门的地产公司，走了进去。

我想出租我家其中一个房间。

我这么想，大概是为了在我万一真的死了的时候，至少有个人能快点发现，让尸体不用发臭吧。但也许，我只是为了找个人来分担一下房租。地产公司的小姐只是笑了笑，抱歉地说，我们没有办法哦，我们只能做整套房产的业务。

于是打道回府，泡了个面当晚餐。有了昨晚的经历我不敢再上网了，在昏暗的客厅里吃泡面，也没有打算开灯开电视。就在外面的黑暗要吞没一切时，手机铃声响起。

记不清有多久没有接过电话，又掐断了多少电话。总之很久没有听到这样巨大尖锐的声音，经过短暂的（也可能是很长时间的）茫然，我最终拿起电话。

电话那头是个女声，尖尖奶奶的，听起来像是中学生。

你好，请问你是租房吗？

我愣了一下，印象里没有在网上挂出任何信息，就连这个念头也不过是我数个小时之前才突然升起的。

是……吧……

那你方便让我今晚来看看房间吗？你住翠园 2 期 5 栋 603？

我又愣了一下：对。

你今晚在家对吧？

是……当然，半年来其实我每晚都在家。

那我们等会儿见，bye！她果断地挂了电话。

一个小时后，她出现在门口。短发蘑菇头，小小一只，不仅声音像初中生，样子也像。

Hi！我站在门口和她打招呼。很久没有和超市收银员之外的人说过话，这让我听起来可能有点过分热情。

想起应该请她进家门，于是热情地一把将她拉过来，岂料她实在太轻了，我的力道有点过猛，一下把她拉到怀里，两个人都有点尴尬。当她扭头向周围看时，发出了惊叹。

哇，你家好……空旷……

她大概不知道现在小区的垃圾房，几乎已被我刚刚丢掉的垃圾塞满了吧？此刻的我像一个生活在雪洞里的禁欲系女强人，可一个小时前，我还是一个在黑暗发臭的垃圾堆里胡乱吃着泡面的死宅干物女。这是演员的自我修养。

她如同一只敏捷的小猎狗一样迅速参观完了两个房间连同卫生间、小露台和开放厨房。然后跑回我面前，抬起头问我，请问房租多少？

6000。

啊……她低下了头。

一人3000，我赶快解释。

她扬起头来对我笑了笑，露出小虎牙：早说嘛！

她在那个大双肩包里翻找了很久,拿出两张手写的合约要我签上,大概就是房子租给她了就不能租给别人,然后从包里翻出一沓钱递给我。

干吗?我有些惊恐。

定金啊,不是三个月房租吗?

不用不用,我摇手。

不用定金?她盯着我看,然后点点头,宣布似的大声说:

那我明天搬过来吧,先走了!

我还没反应过来,她就跟我握握手,一溜烟消失在楼道。

就这样,在她离开之后很久,我还在原地发愣:我究竟干了什么?我是交不起租金了,还是无聊到发神经了,为什么会突然就出现了一个室友……对了,她叫什么名字?

看了看手中粗糙的手写合约,好吧,我完全看不清她的破英文签名,只看到一个"Lu"。

小陆搬进来的时候,动静大到左邻右舍都开门出来望一眼。当他们看见一架移动的巨大钢琴后面那个身形娇小的女生时,都不可思议地张大了嘴巴。

大爷你好,我叫小陆,以后住603,多多指教!

阿姨你好,我以后住603,有什么帮忙的尽管出声!

小妹你好,姐姐住603,以后欢迎来姐姐家玩!

狗子你好……

就这样,我精心营造的疏离高冷邻里氛围,在三分钟内被彻底打破。

这晚，小陆邀请了很多人来家里打边炉，她说她带了家乡的火锅底料。我有点被夜晚客厅里出现的盛大邻里派对景象吓到，并生气地在沉默中吃了三碗牛百叶，直到那只还没被阉割的小泰迪在我腿上不停蹭怎么也踢不开为止。

洗碗的时候我还在生气，因为碗柜里被很多陌生的碗筷塞满。天知道她一个那么小的人为什么会搬来那么多碗筷。看着那些厨具上面小狗小猫的弱智图案，我真的很想发一下脾气，可是牛百叶也真的很好吃，算了。

小陆又开始捣鼓新的东西。她在客厅里拼拼拆拆，一开始只是细细碎碎的声响，最后，客厅突然陷入一片黑暗。

就在那个瞬间，我感觉自己捉不住任何物件，就像被什么淹没，是冰凉黑暗的河水以迅雷不及掩耳之势将我包围。

碗砸在我的脚上，疼痛让我尖叫起来。

怎么了怎么了？小陆跑过来把我扶到沙发上，我眼中的泪水大概诠释了痛感，她跪了下来，捧起了我的脚，放在怀里揉了起来。我茫然地看着地上的小陆，她在干什么？她为什么在这里？

小陆指着客厅中央的一个小盒子说，你看，我弄了个投影仪，以后我们可以一起看电影。

你要看什么？她用一只手滑着手机屏幕，弄部好笑的给你看。滑了一会儿，她放弃地说，就看这个吧。

空旷的白墙上，出现了大概五六年前的一期《康熙来了》。恍然坐在沙发上，手中不知什么时候多了一杯热水，小陆在厨房继续洗碗，不时发出弱智般的笑声。瞬间的晕眩再次占领我的脑海。

我想死……我说。

你说什么？小陆一边看着节目一边大笑着。

我没有再说话，撑起自己的身体，一步一步走进自己的房间，把房门锁了起来。我想我已经开始后悔把她请进家门了。

．　　．　　．　　．　　．　　．　　．　　．

必须强大起来。

在孤儿院里，丁思辰对自己说。

从小就被人说像个男生，不爱哭，吃饭总是最快的那个，喜欢爬树游泳，爱说话，不爱好好睡觉，却对那些欺负女孩的男孩毫不手软，即使他们躲进了男厕，她也会冲进去把他们拽出来，一顿胖揍。

丁思辰有想要保护的人，那是一个她没有见过的人。

自从在院子里种凌霄花的栏杆下发现第一封信，她就开始了这个没有人知道的游戏。参与者只有两个人，她和另一个人。

需要保守秘密，一辈子都要守住这个秘密。她不知道那人是谁，甚至不知道是男是女，他们在信件里没有互相称呼或自称的名字，只是随意地写一些日记和感受。

那时的丁思辰，仍然不太清楚自己是谁。一开始也只是乱写一些问候的话，但大概从第七八封信开始，他们为这小小的秘密发明了第一个暗号，比如那天夜晚如果偷溜出房间去玩，就在信纸上画一个月亮的形状，遇见了不开心的事画一把叉，开心则是一朵花，流泪是一个水滴，流泪整晚是一个巨大的水滴。还有疼痛，是一把匕首。

她常常收到画满匕首的信。

对丁思辰来说，保护一个没有见过的人，是这个未知世界里她能做到的最强大的事。目之所及所有的孤独，对她来说都不那么重要，她是一个记忆短暂的人，看明天，从不看过去，因此她不太记得3岁以前的经历，但这也没什么大不了。那长满橘红色凌霄花的高高栏杆外，是怎么样的世界，这才重要。

17岁那年，丁思辰考上了市里的卫生学校，那也是她第一次遇见辜清礼。

她印证了世界如她的想象，甚至绚烂过想象。

辜清礼，卫生学校检验专业的学长，他高大的身材和流露出来的气质有些不太贴合，也许是那种纯粹的男性气息根本与他身处的环境格格不入。每当她经过实验室，看见他低着头，戴着手套和细边眼镜，专心地为器械消毒、检测时，一种未知的热情就会包围她全部的身心。就像那些夏天孤儿院生长着的橘红色凌霄花儿，铺天盖地，亮烈而强大。

这种热烈会让人生理上有头晕目眩的感觉，仿佛受到巨大的撞击，或是闻到了什么致命的气体。丁思辰必须跑到无人的角落，慢慢平息自己的心跳，才能恢复正常回到课室里上课。

但是，女老师的课堂上永远不允许任何走神。每当丁思辰偷偷望向窗外寻找他一掠而过的身影，就会被女老师点名起来回答问题，这种"过分关心"令她非常不习惯。从小在孤儿院就自由惯了,只要不被饿死冻死,没有人管你是开心还是不开心。这样很好,对丁思辰来说,可以任由自己的思绪翻山越岭。

那天轮到丁思辰做值日,去负责一个谁也不愿意打扫的角落。那角落因为有两棵花树,每到春季只要有微风,便会吹下一大片花瓣,扫完又落,让值日生苦不堪言。丁思辰却乐得如此,她喜欢机械的工作,这样可以尽情想象许多遥远的事物。

直到有颗篮球远远地飞过来,直直打到她的小腿。抬起头见到一个身影跑过来。

辜清礼,他像一个腾云驾雾的神话英雄。

那神话英雄跪了下来,用手捧住她套着的确良长裤的小腿。一截少女光洁的小腿裸露在阳光下,局部皮肤被篮球撞得微微发红。

明天可能会青一块,我去拿药油来搽,他说。

丁思辰没有力气做出任何拒绝,于是他在众人的起哄声中跑开,不一会儿又跑回来。他的手指接触到她的皮肤,以辛辣的药油为介质,触感变得更为强烈。铺天盖地的凌霄花再次包围而来,她头昏目眩,全身颤抖,最后所有的花枝藤蔓一起涌上,让她再也不能呼吸。最后,她低下头,呕吐了起来。

虽然场面很糟糕,但被送去医疗站的过程中,她很开心,很想在秘密的通信上画满代表欢喜的花朵,然而这个秘密的游戏已经很久没有进行了。

她已经很久很久没有收到栏杆下的信件了。

而悄悄跟踪辜清礼,是新的游戏。

辜清礼的家在县城旁边的农村,需要搭中巴半小时,下车走过五六个街口,走下一个水塘,然后经过很多很多农田,尽头是一片竹林。这通常会花上她一整个下午的时光。其他的同学都利用周末回家,她没有家;其他同学在周末的市区夜晚找到许多新鲜的乐子,而她没兴趣。

她就喜欢看他一路上默然走路的样子,不像那些吵闹的县城青年,她知道他家贫困,但他有一种超然于现实的气质。那种不是为了传宗接代,不是为了大富大贵的气质,让她魂牵梦绕。

那天,是丁思辰第一次见到那条河。

她在小时候,想象过海洋,想象过长江,甚至想象过深不见底的古井,而她没有见过如此灵秀神秘的河,隐藏在村庄与村庄的缝隙,山谷与山谷的交集。

雾气中所有的秘密仿佛都汇聚到这里,当远山钟声响起,她恍惚地忘记了自己身处何处,只是溯着流水往上游走,不停走,仿佛只要找到源头,就能解开心里所有谜题。

丁思辰记得,小时候在玩那个通信的游戏时,对方曾提起过一条河流。对方说在"画满匕首"的夜晚,自己一个人悄悄走进河水里,冰冷的河水能够冷却布满全身的疼痛。

无数个不安的夜晚,那些信上,画了很多很多月亮,画了很多很多水滴,纸张被穿透,被揉皱,被浸透,然后被埋入泥土,又被她轻柔地挖出来,展开,抚平,重新细细抚摸,夹在书里被温柔对待。

这个游戏,一直持续到中学毕业。

她知道对方也在县城里,他们也许擦身而过,但出于一些印刻在更久远记忆里的原因,他们从未提及要在现实生活里相认。

那天丁思辰也不知道自己在河边走了多久,只记得后来夜深,雾气浓白,月色迷离,她大概是迷路了。

回到宿舍的时候已经是凌晨,丁思辰偷偷溜进房间,用水清洗遍布腿部足部的伤口,很狼狈,却觉得很快乐,仿佛游历了一趟远方。

那夜,实在太累太累了,但她却没有办法入睡。身体实在太疼了,也太饿了,只有不停不停地吃桌子上的橘子。她不知道橘子从哪里来,也不知道第二天和那些熟睡的室友讲起来,她们会不会明白她这段奇幻的旅程。

因此她决定,这件事情不能和任何人说,即使是女老师也不行。

· · · · · ·

当我醒来时,床边坐着一个人。

我立马噌地跳起来,定睛一看,想起她是我的新室友,小陆。我看着她,她看着我。最后我开口:请问,你为什么出现在我房间?

小陆对着我闪了闪眼睛,这是我房间。

我左看右看,忙低头道歉,爬起来收拾收拾,尴尬地穿上鞋。

对不起啊,我来煮早餐吧,我说。

她又眨眨眼睛,现在是中午一点。

啊……那就吃午饭吧,我走出房间。

你昨晚起来看投影了,小陆在我身后说。

什么投影?

我昨晚听见客厅有声音,起床看见你在看我的投影仪,没关系,你可以随便看,小陆耸耸肩。

我看了啥?

广告购物什么的,卖瘦身裤袜的好像。

所以呢?

然后我再醒来你就睡我旁边了。

……

对话就此终结,不一会儿,两个人沉默地在临时餐台上啃着泡面。妈的,这个泡面真的很辣。

有没有吓到你?我装作不经意地说。

她从手机屏幕上抬起头,什么?

我有时候可能会梦游,小时候就落下的毛病,你要是害怕,睡觉可以把房门锁了……不是,不好意思,你要是不行的话就搬走吧,我把钱退给你。

她这回头也没抬。不用了,我懒得找房子。

你随时可以搬走的,我说,我也会把厨房的刀子叉子什么的放进柜子里……

为什么?小陆圆溜溜的眼睛望着我。

我哑然,此时的我看起来一定很奇怪,我不知道能伪装自己"正常"多久。我决定了,要说出一切,然后赶她走。

我……

电话铃声响起，是她的电话，她对我"嘘"了一下，然后站起来走到远处接电话。我只好埋头吃凉掉的辣泡面。

挂了电话之后，小陆匆匆走过来问我，你有车吗？

有，我愣愣地说。其实我的车停在地下停车场最深处，估计现在已经积了两厘米厚的灰了吧。

我有点急事，你可不可以送我去一趟西山那边？小陆请求。

西山？

过了望华隧道之后，下立交桥再往山的方向走。

我为难，毕竟已经很久没有离开过这个街区了。

拜托啦！她极尽死皮赖脸。

所谓的"地下停车场"，其实曾经是小区里的室内游泳池会所，因为居民们嫌水费贵，没人去，所以日渐荒废，最后干脆变成停车场。水池边停着私家车，空空的水池中则放着废弃的单车摩托车，看起来非常庶民，也很后现代。

我的二手丰田车就停在游泳池边，大概有半年没开动，竟然比我想象中的状况要好。我拂去车门把手上的灰尘，坐上车，假装镇定地开动。油箱里竟然还有油，狠狠一踩油门，小陆整个弹起来。

对不起，我板着脸说。

车子行驶在尚算干净畅通的市区街道上，已经很久没有体会这种速度感了，有些兴奋的晕眩。小陆并没有发现我的笨拙，安安静静地坐着看风景。车子进了望华隧道，出来就是西山区，这里原来真的有座西山。小陆一直在指路：看见前面那座桥了吗？过了桥右转。

桥下有河渠，河面宽阔。我不记得市里什么时候有了这条河，河水看起来不太脏，呼吸一下空气，也不臭，河两旁有人工绿化的堤岸，人们带着小孩和狗在河边玩耍。

其实我很想问，我们现在是去哪儿？

我学校旗下的康复院。

那你是做什么的？

我在一个慈善基金会里做实习，具体工作类似社工，小陆一脸认真地说。

实习？还没有毕业吗？

还在弄研究生论文，小陆乖乖回答。

哦，这样，那个，我是一个演员，我尝试自我介绍。

我知道，你很漂亮，小陆一本正经地表扬。

你不问我演过什么？

呃……你演过什么？

我想了想，好像实在红不到一个程度，演的那些电视剧估计说出来她也没看过。于是自己闭嘴，好在她也没兴趣追问。

今天不是星期天吗，干吗要上班？

有个我跟的病人出了院，今天又被家属送回来了，现在家属在医院闹着呢。

病没治好？

是已经可以正常生活了，家属可能嫌麻烦，宁愿让他待医院里吧，很多这种情况。

不知道为什么，看着小小一只的小陆认真地说着工作的事，就很像在听一个中学生做课业报告，我很怀疑病人家属是不是真的会听她的话。

最后，车在小陆的指示下，开到了山脚下一栋建筑边。这三层建筑颇有些历史了，涂着浅蓝色的墙料，因为年代久远，所以看起来像是被雾霾遮盖的天空。白色的窗框倒像是新刷的，总之让人感觉很平静。这异常的平静色调令我猜到了七七八八——这是一所精神病康复院。

小陆下车后，像一颗小小的灰色子弹一般冲了进去。我坐在车里，不知所措，只好开始等待。

其实我很擅长等待。

很多很多次，我这样等着老方，在他工作的地方附近，先是在一个街区之外，然后是两个、三个、四个街区。我熟悉光影如何在车窗上变幻，倒映出路人的脸。

车里总是放着棒棒糖，我会一根接一根地吃棒棒糖，以棒棒糖消耗的速度来计算时间。我翻找了一下，竟然还有以前遗留的棒棒糖。那糖早已融化得不成样子，褐色一坨黏糊糊，从中间挤出一颗黑色的东西。我先是吓了一跳，继而发现那坨黑色的东西，是棒棒糖里的蜜饯话梅。

我以前怎么会爱吃这种东西？

好不容易收拾干净车子，小陆还没出来，我决定下车走走。一关上车窗，便看见车窗上倒映的一张脸。

有人在三楼的窗口看着我。

她的脸在树叶和阴影下非常模糊,我只能感受到那强烈的目光。那是一种平静的强烈,不会有什么可以形容的激烈情绪,就是空无,但空无到了一定程度,会浓缩成一种激烈。大概就像人在高浓度氧气中会头晕吧。

那目光一直紧紧相随,像当空烈日,让我不得不寻找遮蔽的场地。四处张望,只有走入大楼才能躲避她的目光。

我走进"博慈之舟"的大堂。

钢琴曲小声地铺垫在空气中,大概是为了让人心情平静,可看起来并不管用。大堂一角,小陆正在和几个类似家属的人激烈地交涉着,有个老年妇女一直在哭,她应该不是病人,只是被家里的病人折磨得心力交瘁。我只好尴尬地坐在一旁,尽力装作视而不见。而前台的女孩子一直盯着我看,好像在仔细地辨认着。

我索性走上前去,问她洗手间在哪儿。前台女孩有些错愕地帮我领路,随后又一直看着我。当她把我领到洗手间时,只见门前立了块"正在清洁"的牌子。

不好意思啊,可能要到楼上去,她说。

我道了谢刚要走,她突然问我,请问你是演员吗?

我一愣,只好点点头,对她笑笑。

啊!我说呢!我妈正在看的那部剧里有个女孩特别像你!你知道吗,之前有个阿姨跟我说,她女儿就是里面的演员!我刚才看到你,就猜到是你!小姑娘一脸喜笑颜开。

阿姨?什么阿姨?难不成是我妈?我疑惑。

不可能。我妈苏美娟退休之后，每天的生活和现在的我没什么区别，大概最多就是自己摇着轮椅去附近大学的图书馆看书听讲座什么的。你要带她走远点出去玩，她会指着轮椅翻个白眼，表示自己行动不便，仿佛那个每天开着电动轮椅横闯红绿灯人行道的中老年女子不是她。

我急急忙忙地走到三楼才找到厕所，出来的时候窗外梧桐树影摇曳，走廊虽然经过翻新，但仍颇有年代感。路过一扇半掩的房门，我看见了"她"的背影。

她坐在床边，背对门看着窗外，其实窗外什么也没有，只有风和树叶。此时我注意到她穿着怪异，那是一套老旧的藏青色西装，布料和剪裁让人想到电视剧里的农村知青女干部。

这暗沉的身影，和床头那束新鲜娇艳的花形成了鲜明对比，而她的白发像被洗涤过千百次的毛笔头。她身型保持得不差，虽消瘦却挺拔，但那种挺拔没有生命感，像一株直立的死物。

我轻轻推开门，走进了那房间。

"我来过这里"，这样的感受源自法文"déjà vu"，被翻译成"既视感"。我想我也许正在体验这样的感受，但，我很快意识到，刚才看着我的那目光，就来自她。我想起那空茫而锐利的目光，下意识地转身要走，就在这时，她也转身了。

我不该回头看那一眼，在藏青色女干部西装的上方，是一张筋肉模糊的脸，无数刀疤将五官混淆在一起，灰白的新肉肆意胡乱地生长着，伤疤像扭曲的红色蚯蚓，匍匐在地震后的土地上。

沟壑下的那双眼睛死死盯着我，像盯着虚空之中的某个点。

我受到惊吓，踉跄着退后几步，转身跑下楼。

回程车上，小陆坐在一旁一脸烦心地抱怨着，病房数量有限啦，什么慈善基金也不是乱用的啦，病人的兄弟姐妹都不管病人啦。

而我猛然停下了车，她诧异地望着我。

你怎么了？

没什么……我惊魂未定，但不想让小陆看出来我刚刚"偷闯禁地"。所以意识到小陆正在用一种职业化的审视态度望着我时，我连忙转移话题。

那个……你们医院播的钢琴曲，很好听，叫什么？

啊？

没有，我看你搬了个钢琴来家里，你应该很懂音乐吧？

Intouchables。

嗯？

Intouchables，那部电影叫《触不可及》。小陆仿佛还在生着刚才那个病人家属的气，冷冷地回应。

看她心情不太好，为了讨她欢心（我也不知道我为什么要！），半个小时后，我们出现在城中知名的扒房。这里的牛排煎得刚好五成熟，当小陆把一块嫩嫩的粉红色牛肉塞到嘴里时，似乎又变回了那个初中生，开心得像偷了腥的猫。

这间餐厅很贵耶，一直很想来吃，她一边嚼一边含糊地说。

这间餐厅也是老方带我来过的。我时不时就会发现，对于这座城市的很多认知都是老方带给我的：好吃的餐厅，有好听歌曲的爵士乐酒吧，能在山顶喝茶的清静小院，按摩手法地道的会所……老方和这座城市一直相处得很好，他擅长花钱得到快乐。

小陆把面前的牛排解决掉之后，还顺带帮我解决了半块儿，之后饱得瘫在座位上。

你确定要请我吗？单太贵了我愿意出一部分的哦，她说。

我笑笑，叫人来买单。服务生还端上来两大坨香草冰激凌，小陆欢呼一声，又跳起来继续战斗。

买完单，小陆看了一眼数字，吐了吐舌头：你再这样请我，我就等于不用交房租了。

不交房租？别做梦了。

这晚睡觉前，我对着专心看《康熙来了》的小陆说：要不，你锁门睡啦？

可没必要！小陆冲我眨眨眼睛，今晚我要是再看见你爬起来看电视广告，我就会录下来威胁你继续请我吃牛排唷！

那晚小陆没有锁房门。为什么我会知道呢？是因为我在半夜醒来，看见她的房门虚掩，台灯亮着。

她坐在电脑前仔细地敲着什么，大概是研究生论文吧。

真是个认真的好孩子，我心想。

· · · · · · · ·

2000年9月底的某一天，原西山精神病医院（现博慈之舟康复院）的病人丁思辰经历了最后的"回光返照"，她想起了很多快乐的时光。

丁思辰穿上了从家里带来的唯一一件衣服——一套藏青色女式西装，沉闷的布料，保守的剪裁，而上面的每一颗扣子，都是她的女老师亲手帮她缝上的。她穿着衣服坐在床边，吃着访客送来的橘子，不停吃，不停吃。

那些最快乐的时光，让她不再年轻的脸上，呈现出青春的欢愉。

那条河。

她无数次在夜晚偷偷溜出来，来到那河边，溯流而上，赤着脚走入河水中。河水冰凉却温柔，冷却她所有无来由的焦躁。然后她脱去衣物，鲜艳的衣服散落河面，像五色莲花。

根据博慈之舟康复院返聘的看护回忆，那一夜，病房里突然爆发出尖叫，等到护士们找到丁思辰，她已经用碎玻璃把自己的脸划得血肉模糊。

伤深及骨，抢救了两日，她才醒。

病人丁思辰，从此之后再也没有开口说话。就像上锁的花园，她所有的秘密，也随之存封。

· · · · · ·

自从那次开车载了小陆，我又重新开起了车。其实平日也没有地方可去，只是漫无目的地在城市里胡乱穿行而已。

毕竟这是老方留给我的唯一物件，所以难免想起他。

那时我们在一起一周年，像所有俗套的剧情，我们吃了一餐以价格来看不可能难吃的晚饭，然后他开车送我回家。到我家楼下的时候，这辆银色丰田就停在车位里。只是，偶像剧里男主角送给女主角的通常是造型夸张的豪车，而这只是一辆低配得不能再低配的二手车。

其实我真的不是对物质要求很高的女人，这辆车我觉得很好，方便当时的我去城市的不同角落试镜，我很感谢老方。但后来在等待他下班的那些时光里，我突然意识到，也许老方只是想要省钱和低调而已。他不是文艺界人士，并不想在他名存实亡的婚姻之外有太多流言蜚语，因此我和我的车必须低调。也许和一个女演员发生一段婚外情，对他来说根本就是意外。

老方也算仁至义尽，至少会尽量用很多时间陪伴我。虽然我知道，那是一种我越来越无法控制的陪伴——他总是在压力最大的时候，埋头在我的怀里哭泣；夜里他会紧紧抱住我，像是怕我逃脱，很多次在短暂的窒息感中惊醒，我发现他的双腿也像藤蔓一般缠绕着我。我抚摸他的头发，感觉身体的汁液被一个贪婪的孩子吸吮干净。

思绪肆意，心脏在揪着，似乎是痛感。

车停了，抬头看见高大的法国梧桐，不知不觉，怎么又来到博慈之舟康复院了？

想起那张脸，我不由自主地向上望，却并没有感受到树叶阴影中她的目光。我走进大堂，隔着窗户看见咨询室里熟悉的身影——小陆。我对她招招手。

小陆很惊讶我的出现。

反正今天没事，来接你下班，我说。

小陆把眼睛瞪得圆溜溜。我不是每天都在这里上班啊,只是今天刚好而已!

那当我运气好咯,走不走?

小陆歪着头看了看我,很快又恢复了她那副中学生做课业报告时的表情:我还要一会儿,你先坐一下。说完又像一颗小子弹一样冲进了房间。

我扭头看见前台的小姑娘冲着我挥手,于是对她笑了笑。她喜笑颜开地走过来跟我打招呼:他们在吃茶点,还有多,要不要吃?

他们?

她用手指了指窗外,喏。

窗外是后院,那是一片能看见巨大山峦的绿地。病人们围坐在草地上,在护士的看顾下吃着下午茶点。他们有的交头接耳,有的专心咀嚼,看起来简直和常人无异。

我辨认了很久,因为所有的病人都穿着一样的病号服,直到"她"转身。

又一次看见那充满沟壑的脸,在日光下竟有种不真实感,好像好莱坞大片里化了特效装的演员。她没有碰眼前的糕点,甚至看也没有看一眼。她只是望着远山,而远山什么也没有,只有雾。

我指了指她:那个阿姨,她的脸怎么了?

小姑娘一下子明白了我的所指:有点可怕是不是?

她倒没有打算保密,一股脑说着:她是丁姨,我第一次见也吓到了,后来发现她是最乖的那个,不吵不闹,生活能自理,也不会伤害人，就是不说话。

那为什么不能住家里？

听说她小时候就在孤儿院长大，没有亲人的，年纪轻轻就得了病。本来只是偶尔发作，后来好像被诱导出来，整个人就乱了。你看她那么安静，但医生说她脑子里东西可多了。

什么意思？

她能看见风暴。

风暴？什么风暴？

小姑娘蹙眉摇头，好像想尝试着和我形容，又觉得似乎怎么说都不对。

喂！

小陆的声音打断了我们的对话。看着小陆一脸不耐烦的样子，我只好尴尬地站起身，乖乖地尾随着这个初中生一样的社工小姐姐。

一坐进车里，"初中生"就板起脸。

虽然很感谢你来接我下班，可是提前跟我说一声很难吗？我手头的事情还没做完呢。

没关系的，我可以等你。

你是大明星，我怎么好意思叫你等我？

我失笑：你这么逗我开心，我今天也不会再请你吃牛排的。

你不是吗？她们那些护士都开心坏了，还密谋下班之后找你合照呢。

我一阵大笑，笑得小陆不明所以。笑完之后我问她，那今天晚餐想吃什么？

吃吃吃，就知道吃，你都在放假，不用拍戏吗？

我清清喉咙，故作认真地看着小陆：其实我的下一个角色是一个情绪病患者，所以我郑重要求来接你下班，顺带做生活体验。

小陆盯了我两秒，然后认真地说，好吧，你有问题可以问我。

我也认真地提问：小陆啊，我们学表演的时候，有体验派和方法派，体验派要求我们去经历类似的情感，引发真实的情绪；而方法派呢，要求我们学会情绪转化，眼前要从无到有，要有画面。

小陆一副快睡着的样子。

我就是想问你，什么叫"看见"风暴？

小陆睁开了眼睛。

听说你们医院，有个病人能看见风暴。

小陆侧着头想了想，你说丁姨？

她叫丁姨？

我以为你们认识。

啊？我糊涂了。

护士说丁姨没有亲人，但你妈好像经常来看她。

我妈？真是我妈？

小陆耸耸肩，我也不知道，她们说有个女人经常来，她说她女儿是演员。

不可能，我妈不喜欢我做演员，怎么会到处跟人说？

小陆低头想了想，好像叫苏什么，是你妈吗？

我一愣。

我妈叫苏美娟，我说。

小陆看着我，不经意似的说着：其实我看过丁姨的病例，18年前她本来可以出院，但就在那一天下午，你妈妈刚好来过。

哪一天？

她变成现在这样的那一天。小陆看着我，圆圆的眼睛里，藏着幽深。

· · · · · · · ·

我的母亲苏美娟，是个坚毅到不近人情的女人。

那场车祸之后，她失去了一条腿，可从未因此一蹶不振。她甚至没有哭，一切好像无缝对接一样：坐上轮椅，生活照旧。

但是爸爸离开了我们。

后来我明白了，有些痛苦到了极致，人们不会哭，也不会号叫——它只是会被寒冰封存在那里，除非有漫山野火，否则可能一生也不会开封。

母亲对父亲是不是这样，我不知道，至少我是。

那年我似乎是10岁。班里有女生开始月经初潮，我虽然还没有，却什么都知道。三四年级的数学课开始变难，第一次看见某个男生会脸红心跳。这些我都不太记得了，我只记得那天下午，和当时的好朋友逃课外班去看数学课代表"艾里奥斯"的街舞比赛。

那个数学课代表的模样在脑海中已经模糊，只记得一切都像少女漫画一样,很开心,很兴奋。我和当时的好朋友在公厕里脱下丑丑的校服,换上连身裙。我穿了一条黑底白色圆点的无袖裙,有着可爱的领子,是爸爸买的。我认为这是我衣柜里最好看的衣服了,而母亲从来不给我买裙子。

当时的我因为身体不好,总是请假,几乎没有什么朋友。水兵月是我唯一的朋友。

是的,我们以《美少女战士》的角色姓名互称,我是火野丽,只因为我也是白羊座——这是水兵月说的。而我们成为朋友的唯一原因,就是喜欢上了同一个男生,我们叫他"艾里奥斯",因为他长得不像《美少女战士》的第一男主角夜礼服假面,而更像萌萌的天马艾里奥斯。

那一天是艾里奥斯的比赛日,这对我们来说很重要,已经期待好几个礼拜了。但就在那一天上午,水兵月告诉我,她去不了了,她没说原因。

午休时,水兵月从书包里拿出一支口红送给我。涂着口红去见艾里奥斯吧,她失落地说。其实我们都知道,艾里奥斯是属于学校那个可爱的校花"小小兔"的,永远不会属于水兵月和火野丽。

但因为后来发生了"那件事",我和妈妈搬家去了另一个城市。于是那天之后,我再也没有见过水兵月。

那一天。

在一个人看完那场街舞比赛后,剧烈的兴奋让我在黄昏时有些头晕目眩,仿佛用完了所有精神气力。我正打算去找水兵月,就在这时候，经过街角的咖啡厅，我看见了母亲。

母亲和一个背对着我的男人坐在一起，那男人戴着帽子，但身型一定不是爸爸。

她在笑，我从未见过她笑得那么开怀，也从未见过她散发出这样的温柔气息。我有些震惊，因为母亲如此陌生。那是一个沉溺于爱之兴奋的女人，我如此敏锐地感受到，是因为当时的我也是一样。

好在她没有看见我，我迅速低下头，匆匆离开。那时我很害怕，我怕的不是母亲会走，我怕的是，爸爸会离开我们。

爸爸对我很好，可我很少见到他。他常常出差，一走就是一两个月，每一次回家都会给我带礼物。那次我记得他去了广州，他说会给我带好吃的外国糖果。我知道，爸爸为了养家很辛苦，他是一个战士，而战士是不能够付出那么多柔情的。因此我那样珍惜这一点点的亲厚，不惜做任何事情去留住我们三人相处的时光。

之后的夜晚，我在半夜醒来，听见他们在房间里吵架。

想起咖啡厅的那一幕，我很害怕，怕那个陌生男人会带走母亲的笑颜。然而现在，爸爸显然已经知道了，他很生气。在隔墙零碎的声音里，我听见爸爸说他明天就要回去。

他不会回来了。我的心里有着这样强烈的呼喊。

我错了，是我做错了。是的，那一幕，是我告诉爸爸的。

可是现在我后悔了，我没有想到爸爸会生气到要离开，我必须做些什么来弥补错误。

记得我打开了窗户，让外面的冷空气迅速灌入房间。我脱掉全身衣物，仿佛潜入冰冷的海底，任由严寒侵入骨髓。第二日，我如愿发烧，39.5℃。在混沌中听不见父母到底在说些什么，我只是知道，爸爸留下了，因为我病了。

太好了。

我可能吐了，也可能在发烧的过程中一直说着胡话。我记得爸爸温柔地坐在床边，递给我日本的话梅糖。

我一直很爱吃话梅。

糖果的味道很棒，酸甜咸，对于发烧的人来说，味觉刺激会带来一种幸福的晕眩，仿佛身处暖流之中，什么也不用管，只要随波逐流就好。最最重要的是，这是爸爸买给我的礼物。

等我的目光再次清晰时，已经是夜晚，我发现自己身在爸爸的车里。我们在高速公路上，爸爸正在开车，母亲坐在副驾驶座位。言谈之中，我听见他们准备送我去外婆家。

不知道他们是如何决定让外婆来照顾我的，也不知道自己生病生了多久，但是无论如何，至少我们三个人暂时又在一起了。

从我家开车到外婆家大概要三个小时，也就是说，我们至少还有三个小时的相处时间，然后我们在外婆的家里，可以一起吃饭，可以一起去农田玩，我可以像小时候一样缠着他们带我去挖竹笋。想到这个，我开心了起来。

中途，我们在高速公路的休息站停了车，爸爸给我买了煮玉米和炒花生，我背着我的小书包，这一切就像郊游一样，太开心了。也不知道是不是因为太兴奋，我很累很晕。上了车之后我对正在开车的爸爸说,你要是困了,就叫我起来,我唱歌给你听。

他"嗯"了一声。这是他对我说的最后一句话。

就在那晚,我们的车撞上了分流路基。

爸爸,就这样消失在了我的生命里。

这个梦无论做了多少次我还是会哭,哭醒之后通常会看见老方。只要是他紧紧地抱着我,用双腿和双臂缠绕着我,我便感觉安心。

已经有三四个月没有做这个梦,也有三四个月没有见到老方了。我听说他妻子和儿子从国外回来过暑假。我看到我们的聊天记录停止在三个月前,我好像和他说过,不要再联络了。

但这不是我第一次这么说,只是这一次,老方真的一直没有联络我。之前去外地拍戏,我可以忘记关于老方的一切,把情绪投放进角色中。大学剧社里学的什么体验派方法派,说实话我早忘光了,但我是我,为了逃避现实的情关,我可以在虚幻的世界里做得很好。

其实我只是在等他回一个信息,或者告诉我,等暑假过去,又可以见面。没有关系,我都可以。他像一个塞子,塞住我所有情绪。和老方在一起有多么压抑,就有多么安心。

而此刻我在床上醒来,不知道该去哪里,该做什么。哭完以后是强烈的空虚。我起身打开电视,发现只有购物频道可以看。

这晚购物频道里卖的是电磁炉,那是一件标榜火力超猛、轻松便携的商品。看着那些鲜艳的食材我饿了,于是打开冰箱找吃的。

我在电视机前,吃着东西,看着电视,可我知道我人不在这里,我在某处遥远的深海里,甚至低下头都能看见无底的海沟,看见巨大的鱼类掠过。我动也不敢动,哭也不敢哭。我抬头看天,水面晃动,有船只从头顶经过,喊不出任何声音。

然后我做了很不应该的事情,我打了电话给老方,并且不停打。我知道他不会接,但我只能不停打,好像这是维持生命的唯一方法。

就在我机械地打到手机快要没电时,小陆出现在我面前。

你醒了?

嗯。我从深海中浮出来,看着站在海面上的她。而她一把抢过我手中的食物。

怎么吃生的香肠!

小陆拿来纸巾,要我把嘴里的食物吐掉。我茫然地跟着她的动作,起身,呕吐,喝水。她把一摊烂泥般的我带回床上,然后自己也躺在我旁边,悄无声息,像一条深海鱼。

我以为她会立刻走开,或是报急诊,但她没有。她突然站起身,在厨房折腾许久,然后拿回一杯黑黑的东西。

喝了它。

这是什么?

姜柠乐。

我知道姜柠乐,可乐加入姜片和话梅柠檬一起煮。小时候我感冒发烧了,母亲如果没时间带我去医院,就会煮一杯这样的饮料,告诉我喝了就没事了。

可是真的有用吗？也许只是因为母亲懒得带我去医院吧。

小陆的姜柠乐却似乎比较有功效，我喝完不久便觉得困意袭来，却睁着眼睛躺在床上，不敢闭眼。

小陆像只小猫一样，躺在了我的旁边。

前段时间我去上课，学了一种助眠方法，你想试试吗？

我没有说话。

你先闭上眼睛。

我顺从地闭上眼睛。

在一片沉默的黑暗中，想象眼前有一个小球，发出金色的光，它会飘浮，慢慢飘到你头顶，照亮你的额头，同时还暖暖的……小陆的声音轻柔而邈远。然后你开始想象，它开始移动到你的颈部……你四肢的每一个地方，每到达一处地方，那儿都变得很暖……

小陆。

嗯？

风暴是什么样子的？我轻声问。

过了很久很久，小陆才开口：丁姨说，风暴来的时候都是晚上，然后整个世界都变成了黑白色。这情况会持续一段时间，最长的有半年，之后才会慢慢恢复。

风暴很狡猾。

什么？

关灯之后，你已经根本分辨不出颜色，所以也不知道它是什么时候来的，我说。

风暴里有什么？

你问我吗？

你不想知道吗？

小陆转身看着我，晶晶亮的大眼睛在黑暗中一闪一闪，我不敢侧过头去看她，我闭上眼睛。

睡吧。

我拉了拉她的手，很软，很小。

你也睡吧，我说。

我今晚还要工作，小陆轻声说。

· · · · · · · ·

患者（丁思辰）基本情况与病因、病情及用药情况（节录）

1987年，患者就读广陵卫生学校检验专业，在校期间表现良好，一直是老师和同学们心目中的好学生。患者性格稍显孤僻，不愿意融入同学，但因为成绩优秀，同学们也尊重她。因患者从小是孤儿，班主任老师对她非常关心，甚至经常在周末带她出去吃饭、游玩。

1988年4月开始，患者突然注重梳妆打扮，但有时有些过火，比如在头发上插红花，或是编很多辫子，不像她以前的作风。同时，患者成绩开始退步，上课时经常走神，甚至不顾他人在课堂上哼唱歌曲。

据同寝室室友描述，患者周末经常一个人离开学校，夜不归宿，直至凌晨。每次归来时都衣衫褴褛，全身又脏又破，脚上还有伤口，不停吃橘子。患者总是在澡堂偷偷自己处理伤口，别人想要关心也置之不理。

一日，患者夜不归宿，回来后下体有血，宿舍女生告知老师，老师将其送去医疗站检查，发现患者阴道撕裂，询问患者情况，患者不肯说，且面带笑容。领导再问，患者开始语无伦次，最后学狼叫、摔东西。学校老师无奈，只能将她强加看管。

5月14日晚10时左右，患者强行出门，与女老师发生肢体碰撞，用书籍打伤女老师后，被数位老师和同学一起送入精神病院。

以下是当时医生的记录：

入院日期： 1988年5月14日。

出院日期： 1988年5月28日。

入住时间： 14日。

入院情况： 患者可能因为青春期叛逆心理，反抗学校宿舍管理制度，夜不归宿，并且因认识了复杂的社会关系导致身心受到伤害。不正常的性行为导致心理出现恐惧、难以承受的纠结等状况，不愿说出性行为对象，自己也感到羞耻，因而产生怪异言行、暴力行为。

经过药物和团体心理治疗，患者基本恢复了应有的正常状态，身体伤势康复，并意识到自己的错误，主动向班主任道歉，答应不再夜不归宿。不再出现暴力行为，自制力、注意力恢复，交谈正常。

出院医嘱： 按时服药，定期门诊复查。

出院药1月：喹硫平片0.2g 2次/日，丙戊酸钠0.3g 3次/日。

不适随时来诊。

备注：

美娟，

思辰的病历医院里不齐，据说以前的病历库被移到了市里其他地方，如果学校相关院系有留档，我再帮你找找。

祝健康、快乐。

老朋友，以上

· · · · · · · ·

丁思辰答应和女老师一起去教会。

教会在县城，她不明白为什么老师要选择一家县城的教会。那是一栋——不，不是一栋，只是土坯的平房而已，一个类似民办学校教室的空间里密密麻麻坐着许多农村妇女，女老师拉着丁思辰找了个座位坐下。

穿着黑白色长袍的男人走上台，他似乎是牧师，后面跟着两个人搬来一屉糕点，说等一会儿结束后要发给大家吃。丁思辰心想，在座的很多人可能都是因为那些糕点才来的吧。

这是丁思辰第一次接触教会，一切对她来说陌生而新奇。这一天牧师念了这样的诗篇：

"我们一生的年日是七十岁，若是强壮可到八十岁，但其中所矜夸的，不过是劳苦愁烦，转眼成空，我们便如飞而去。"

丁思辰看见女老师默然拭泪。

最后，所有人站起来和牧师一起唱圣诗《荣耀归于你》。丁思辰拿到一张纸，上面印着歌词，于是就和大家一起胡乱唱了起来。

为何荣耀要归于他？丁思辰心想。还有，为何说人生劳苦愁烦？年轻的她并不这样认为。

糕点倒是很好吃，松软的鸡蛋糕上面放了一颗红艳艳的腌樱桃，形状像乳房。丁思辰轻柔地将那颗樱桃含在嘴里，就像辜清礼对她做的一样。想到辜清礼，她嘴角含笑，这是一个秘密。她喜欢秘密，因为这让人感觉到世事不是转眼成空，如飞而去。

丁思辰紧紧跟着女老师。女老师给她买衣服，从来不征求她的意见，总是买很中性的款式，颜色不是藏蓝就是藏青，难看死了，但布料总是舒适的。女老师给她买来一瓶酸奶，自己都没有舍得喝。

喝完酸奶后，丁思辰意犹未尽地舔着瓶盖上残留的奶。女老师要丁思辰看着她。其实丁思辰很怕这种强迫性的凝视，很多事情她想珍藏在心中，不愿与人分享，而这世界上的人总是强迫她去把最美好的秘密说出来。

你跟老师说说，最近是不是认识了什么男生？

丁思辰对着老师露出了灿烂而疑惑的笑容：男生？

对，外面的男生。

丁思辰摇摇头，坚定地说，没有啊！

其实你可以跟老师说的，老师保证保守秘密。

丁思辰再次坚定地摇头。

有什么不开心的可以随时告诉老师，你知道的吧？

丁思辰用力点点头。

女老师拉过她的手，在她手心塞下一个东西。那是一片薄薄的方形塑料纸包装的物件，轻若无物，塑料外包装上印着"计生用品"的字样。丁思辰诧异地端详着，一时不知如何是好。

女老师看见女学生的迷茫和不解，心中同时涌现出了宽慰和担忧：宽慰她的纯真，而更担忧的是她不懂如何保护自己。

回到学校后，女老师把丁思辰带到保健室，拉上帘子，耐心地教她如何使用那一片薄薄的物件。丁思辰沉默地顺从着，就像学习如何把试剂滴入化验样品。这对她来说没有任何的意义，她只是在讨好女老师，所以假装在学习。

女老师告诉她，这一切不要告诉别人。她也点点头。

脑海中只是浮现起这一个名字，辜清礼。这才是她不能告诉任何人的事情。

想到这个名字，嘴角不由得露出笑容，但她掩饰得很好。她知道从现在开始，每一个人都在仔细地观察她，想要挖掘她内心最甜美的秘密。那是她的宝藏，就像小时候在孤儿院凌霄花架下的那些秘密通信一样，她必须死死守护住，不能让人知晓一丝一毫。

丁思辰变得很温顺，很沉默，作息时间严格按照指令。虽然成绩一直在退步,但老师们非常欣慰,认为这个女孩子青春期最大的躁动已经被压制,成绩什么的还是其次,重要的是道德和精神层面回到正轨。

同寝室的女孩子们却开始化妆,烫头发,穿鲜艳颜色的裙子。丁思辰则不可以,这是一条没有说出口的规则,只要她哪天对着镜子画了眉,立刻就会被室友向生活辅导员告状。于是她的眉笔被没收,藏在枕头底下的胭脂也没能幸免于难。被洗劫一空之后,丁思辰躲在厕所哭,女老师找了过来。

女老师塞给她一支口红,口红的牌子丁思辰听说过,很好听,叫露华浓。

收好了,别被人发现,女老师叮嘱。

丁思辰想不明白,为什么女老师对她那么好。女老师平时穿着打扮朴素,整齐的头发常年保持齐耳,别说化妆品,都没见她穿过鲜色衣服。这样说起来,丁思辰好像一直不知道女老师的家庭情况,只知道女老师独自生活在学校宿舍,独自抚养女儿,仅此而已。

也许,女老师对自己的好,仅仅是出于教徒式的仁慈,或是同情。丁思辰的确值得帮助——孤儿,农村户口,在别人眼中或多或少有些孤僻古怪,但丁思辰从来没有这样想过自己,她对于自小的成长经历非常坦然,因为独处,心中的世界无限大。在幻想世界里,一切都那样新奇、狂热。

有时候,丁思辰会故意不理会辜清礼,即使在饭堂碰到,她也会假装他是陌生人。从他眼中看到想要打招呼的闪烁和被忽视的疑惑，她觉得有趣极了。每当他在一群男生中间时，她会故意从他们面前扬起头走过，留下男生们议论纷纷，而他的目光由始至终只在她一个人身上。

只要闭上眼睛，就会想起河边，他的目光、他的手像月光一样游走于她的身体。他的亲吻就像一个秘密，她丁思辰誓死都要守卫的秘密。

嘴角微微一笑，不知道辜清礼看不看得到？她努力咽下味同嚼蜡的米饭。一个人，只要尝过美妙的世界，就不会再甘于存活在贫瘠的现实。

辜清礼和男生们起身要走，丁思辰勇敢地对着他露出笑容，亲昵的、热情的，不理会所有人的目光，她相信总有一天，他们会光明正大地彼此对望。

穿越了那么多人，终于触碰到他的目光。就像在那夜的河边，辜清礼回头，看见了那个一直默默跟在身后的她。那个游戏在那一刻戛然而止。

而此时，他避开了她的眼神。

丁思辰一愣。

为什么？为什么他要假装不认识我？

· · · · · · · ·

开车经过通往西山区的桥时，河水在桥下缓缓流过。

你知道水猴子吗？小陆不经意地问。

听说过。大人怕小孩玩水，编来吓人的，我说。

到底是什么样子的呢？小陆自言自语。

一种在水底的生物，会一把捉住游泳人的脚，然后将人拽到水底跟它做伴，类似这样吧。

它是有多无聊啊，不会自己和同类玩吗？非得拉个不认识的人类一起玩？小陆嘟囔。此时的她，实在很像"十万个为什么"漫画里面那个扎冲天辫的小屁孩。

我小时候还真的碰到过，我说。

说来听听，小陆托腮侧过身来看着我。

有一次和我妈旅行，去了个郊区的什么瀑布。旅行团吃饭的时候我溜出去玩，结果走到瀑布和江流交汇的地方，觉得好玩就往水里走了几步。然后就发现不对劲，水看起来很浅，但是水流力度很强，一下子就把我冲倒了，我怎么也站不起来，被冲到了江里水很深的地方。

然后呢？

以为死定了，叫也叫不出来，鼻子嘴里全是水。就看到眼前全是白花花的浪，然后身子往下沉。反正一片空白，心里想着我爸回来就见不到我了。

然后呢然后呢？小陆着急地问。

你猜。

你看见水猴子了？

看是没看见，但我感觉到水里有双手托了我一下。我一直睁着眼睛，想往水底看，却什么也看不到，眼前都是白花花的，最后看到了树。

水里的树？

不是啦！岸上的，我回到岸上了。

哇！小陆夸张地配合着。

我不理她，继续说：那个岸边，和我下水的地方，是同一处。我就湿淋淋地站起来，想破脑袋也想不明白，水不是往低处流吗，我是怎么又被冲回来的？

真的是同一个地方？

真的，那里有一段鹅卵石小路通往饭店，而且有块一样的广告牌。

真的是一样的吗？小陆再一次询问。

我向她翻了个白眼。

那水猴子干吗要救你？

我耸耸肩：我怎么知道？

小陆靠在副驾驶座的椅背上，双手撑着头，眉头皱成一团。丁姨也说过水猴子的事，她突然说。

我假装仔细看着路面，没有对她做出回应。

小陆仿佛看透了我的内心，继续说着丁姨的事。

我看了丁姨的病历，她在割脸之前是阳性的精神问题，和现在相反。

什么叫阳性精神问题？我忍不住提问。

小陆倒是没打算卖关子，一股脑叽叽喳喳地说着：阳性就是比较躁狂兴奋，甚至可能有攻击性。但丁姨那时候情况不严重，也没有攻击性，只是发病的时候会不停地说话，情绪很亢奋。她的病历里提到，她会不停问"水猴子什么时候来"。

我知道这种时候不能再追问下去。表现得太过关心，可能会被当作另有图谋，尤其是社工有维护病人隐私的责任。

小陆继续碎碎念：我也见过很多病人，他们会害怕一些臆想出来的怪物，有时候晚上睡不着觉，就说那种怪物来找他们了。可是我真的没见过有病人像丁姨一样，会对一种怪物表现得那么期待，好像在问"圣诞老人什么时候来"一样。可能她和你一样，曾经被水猴子救过。

可能吧，我尽量淡漠地说。

小陆把头转向窗外，语气有种刻意的随意：对了，你妈是叫苏美娟？

我一愣，点点头。

早上你不在家，你妈打电话找你来着。

有什么事吗？

她说打不通你电话，叫你今晚回家收拾一下东西。

哦。

小陆瞟了我一眼，昨晚去哪儿了？

朋友生日派对，玩得晚了点儿。

生日派对会穿拖鞋出门？

睡衣派对不行吗？

小陆板起脸：辛心洁小姐，我手上有很多梦游症的病人，我之前帮家属深夜满大街找过人，你想不想让我也打给社工求助，然后半夜满大街找你？

我不知道怎么回答，没想到她会如此在意我的行踪。

出门前不能说一声？又不是不知道自己的状况。小陆完全是一副训病人的模样。

我把车停下。

怎么了？

下个街口就到家了，你先下车，我去找我妈。

见我的表情不好看，小陆瘪着嘴，一声不吭下了车，关车门时不轻不重，但绝对没好气。我也没打算示软，红灯一转绿，我就踩下油门绝尘而去。

一路往家里开。那个家，其实是以前我们一家三口在市中心旧区的老房子。去年我妈苏美娟用大半辈子的积蓄在市郊买了套新房，前段时间交了楼，一直在折腾新房子的家具。想想我也很久没见她了，估计她准备搬家，这才想起让我回去收拾东西。

家里没人，拍了半天门没人应。掏钥匙开了门，打开灯的那一瞬间，我差点尖叫起来。

家中的境况完全可以用"天翻地覆"来形容，我压抑住报警的冲动，确认应该不是遭到盗窃之后，坐在乱成垃圾回收站的客厅里，深吸一口气。

对于眼前废墟般的场景，唯一的解释，就是我妈已经背着我搬了家。我可能是方圆一百里内，唯一一个回到家才发现家已经被搬了的女儿。

把刚刚深吸的气全部吐出来之后，我看了看时间。晚上7点半，很好，我知道苏美娟现在在哪儿。

星期三夜晚，苏美娟不会出现在别的地方，只有南岭大学的公开课堂。

她是要去听那个"南岭理察·基尔"的文学公开课。我知道每个女人都需要一个偶像，当我从后门走进演讲厅看见台上那个风度翩翩的"理察·基尔"时，也算是理解了我妈的少女心。

从后门环视满满坐着妇女的课室，我很快找到了我妈的全自动轮椅。此时她正一脸认真地做着笔记，那副皱眉凝神的样子，让人还以为她正在参加什么联合国反核会议。我过五关斩六将地挤到她身边，还是引起了周围一些大妈不满的啧啧声。我妈用余光瞟了我一眼，完全没有一点反应。

我只好尴尬地靠近她，企图得到她的注意。

嘘。非常严厉的回应。

耐着性子听台上的白教授讲香江旧时的某个女明星，大概是些什么文学大师的风流史。放眼望向整个演讲厅，所有女大学生和中年妇女都一脸陶醉地专心听讲，我突然意识到，自己一直以来都没有专注的能力。小时候上课总走神，做着功课也会发呆。为这，不知被母亲骂过多少次。不只骂，还有打，用气球下面那根塑料小棍，抽起人来简直不输鞭子。

那些被恨铁不成钢的日子，我是受够了。

轮椅转动的嗡嗡声打断了思绪，下课了。母亲已经飞速地快要漂移出门口。我深吸一口气，站起身追上去。全自动轮椅真是风驰电掣，我必须小跑才能和她保持齐平。

在我终于追上母亲时，她又瞟了我一眼。

又发呆,从小就这样,叫你读点书比什么都难。

我哪里没有读书?《演员的自我修养》我看了8遍!

看了8遍有什么用?现在还不是闲人一个!早叫你转行,再不转行就三十好几了。

我有要你养我吗?

那我买房子你出了一分钱吗?

那你搬家了有通知我一声吗?

通知你,你帮得上忙吗?

我的东西,我整个房间现在跟被洗劫了似的!

你的东西,我帮你打包好了,现在在新房里,你自己去整理。剩下那些是垃圾。

垃圾?我说过那些是垃圾吗?

我妈停了下来,我一个刹不及,往前冲了几步。我妈看着我,眼神是一种熟悉的冷漠。

我以为你不想回家。

谁说的,我去拍戏……

撒谎。

我妈看着我,目光直而锐利,就像小时候发现我把空白的寒假作业本藏起来了一样。

你要是认真演戏,我也没话说。你破坏别人家庭,那就不行。

我一愣。

我的腿脚如果灵活,信不信现在就打你?她说。

你听谁瞎说的!我死皮赖脸地狡辩。

立刻跟他断了,现在就断,以后不许见!母亲的声音提高了八度。

我还在嘴硬:听不懂你说什么。

那你昨晚去哪儿了?

我深吸一口气:是我室友跟你说的吗?

苏美娟没有回答,只是盯着我,一字一顿:

不要以为你长大了,我就拿你没办法。我能找到别人老婆,叫她收拾你。

我像看陌生人一样看着她。

我从包里拿出一块手帕,甩在她面前。那上面有小猫钓鱼的十字绣,是小时候的我花了整整一个月的时间绣出来的,那是母亲节礼物,而当我再见到它的时候——就是刚刚,在客厅那些杂乱的"垃圾"中,它脏兮兮、灰蒙蒙,就像一块年代久远的抹布。

是,你说得对,我是破坏别人家庭。可别人家庭不用我破坏也有其他人破坏,你知道为什么吗?因为他们家和我们家一样,就像你和爸一样,早就烂了。

苏美娟没有出声,伤害了她我很抱歉,可我说的是真的。她的背影像是一种默认,我多么希望她争辩、抗议或表示我说错了。

可她没有。这才让我心痛。

我们这一家,我曾经以为那是我能回忆起的最美好的事。如果连童年都不美好,人世间还有什么是美好的?那场车祸,毁掉的不仅仅是我们这一家。我知道从那一天起,我的内心深处,有些什么碎了。

母亲沉默地停在了学校旁边的公共汽车站,她没有再看我。我只好苦笑,转身走了。

· · · · · · · ·

丁思辰对着镜子涂上口红。

必须要和爱的人在一起,这是她的信念。她在心中默念时间地点:河边,树下,12点。这是约定。

上针灸课的时候,老师示范找出三棱针放血穴位。丁思辰还在发呆,没有人发现她偷偷私藏的露华浓口红,放在裤子口袋深处,那圆圆的管子,光滑的圆柱体,已经被她的体温捂得温热。

她不敢伸手去触碰,生怕那嫣红丝滑的膏体会在期许的热度中融化了。

丁思辰!老师发现她双眼游离。很多老师都已对这个思维混乱的女学生越来越不耐烦,尽管她在孤儿院的成长经历他们有所耳闻,但拿着学校的津贴却整日魂不守舍,这个农村户口的女孩毫无后台,他们的确没有理由继续忍耐她。

丁思辰被赶到教室外罚站。

罚站是一种限于小学和中学的惩罚形式,在卫校这群成年学生中鲜有发生。当她站在走廊上时,经过的学生纷纷投以白眼,讪笑连连。但这一切对她来说没有任何关系,脑海中只有那几个字:河边,树下,12点。这场壮丽的出逃,才是最重要的事情。

而就在此时,她看到对面教学楼的走廊上,辜清礼和另一个同级女生走在一起。他的脸上流露出一种笑在骨子里的,讨好的,小心翼翼的模样。那个女生是谁?她从未见过他脸上出现这种表情。

也许,也许他只是在和那个女生探讨功课?或许那个女生是班长、小组长,他才会那样殷勤。今晚一定要问清楚。不,不用问,她不能辜负彼此的信任。这信任是一个秘密,即使在学校里四目相对,也不能流露出来的秘密。

丁思辰想到这儿,又微笑起来。

夜幕降临,终于回到宿舍。为了表现正常,丁思辰罕有地加入了室友们的聚餐。室友带来了家里做的辣椒酱,分给丁思辰拌面条。她很讶异,不习惯从他人处得到善意,于是忙不迭地接过,大口吃拌着浓厚红油的面条,赞不绝口。其实她根本不能吃辣。

在女生们七嘴八舌的讨论中,丁思辰听到了一些关于学校给城市户口和农村户口的学生分配工作的事情,好像农村的就要回到农村工作,而有城市户口的女孩子们早就让家里人做好了准备,到时候分配到市区的人民医院或是妇幼保健院都是好的。福利、工资、奖金、职称……这些陌生的字眼仿佛在她们之中竖起一堵无形的空气墙,将丁思辰远远地阻隔开来。她只能低头用力吃着碗里又咸又辣的面。

终于,强烈的辣味让她忍不住站起来冲到厕所大口呕吐。女生们吓了一跳,站起来扶着她。迷迷糊糊间,她被人安顿到床上。

时间在宿舍沉闷的空间中消逝。

丁思辰再次惊醒时,一看时钟,已经快 11 点了,她大呼不妙,立刻蹑手蹑脚下床穿上鞋子,打开宿舍门,矫捷地走入黑暗中。

整个世界在沉睡,只听得见丁思辰那颗扑通扑通剧烈跳动的心脏。

路线,已经非常熟悉,早就偷到了女老师的自行车钥匙,开锁,将车推往教学楼操场西北角。那里有一扇在丁香花掩映下常年开放的小铁门。一切顺利,只是不知道来不来得及。

丁思辰骑上单车,一路狂奔,空气中好像有雨,雨点越来越大,扑在她的脸上,打得生疼。但,这是一种试炼,长路迢迢,她只求和他见上一面。其他的都不重要。

也不知道在国道上骑了多久,也不知道现在是几点,几乎耗尽了心脏里所有力气,总算来到河边。

那条河在夜雨中泛着蓝色的光,有人在等她,撑一把伞,影影绰绰。

清礼!她对他喊,奔向他,仿佛奔向她的宿命。所有剩下的力气,都用于这次奔跑。在这个瞬间,她突然想起一件事——嘴上的口红是不是被雨水冲掉了?她看起来是不是很憔悴,很苍白?不,不行,她摸向口袋,摸到那只小小的圆柱体。

雷声与闪电同时来临,在雪白的光芒照亮对方的一瞬间,她看清楚了他的脸。

他不是辜清礼。

不!

她想逃跑,可已经来不及了。

· · · · · · · ·

开门后,客厅里的钢琴声戛然而止。

Intouchables。又是这琴声。

抬头见小陆坐在钢琴后板着脸盯着我。

去哪儿了?

找我妈啊。我用手拨一拨凌乱的头发,镇定地换鞋。

现在是凌晨4点半,请问你和你妈是去夜店了吗?

我把钥匙放下,冷冷地说,我想我不用跟你解释,我们只是一起合租的关系,你那么有精力可以多管管你那些病人,而不是我。

小陆看着我,目光非常倔强。她拿起桌面上的一封信对着我扬了扬:是吗?我们是合租关系吗?那为什么会收到房东的信说你两个月没交房租?

我快速拿过信,撕开一看,的确是措辞严厉的房东口吻,还说一个星期之内再不交租就会报警云云。我呆滞地坐下,记忆和思维好像变成了一锅黏稠的粥,越挖掘,就越找不出东西,好像要找什么,可是那些东西早就煮烂在锅里,再往里面掏,只会闻到烧焦的味道。

半年前我从老方家搬出来,租了这个房子,我明明记得当时老方帮我交了一年房租……我抱着头，百思不得其解。

小陆叹口气，去厨房倒了杯黑色液体放在我面前。

味道闻起来，是凉了的姜柠乐。

早给你煲好了，感冒都没好还到处乱跑。钱我可以先借给你，但是我真的劝你去医院看看。我可以介绍医生。你现在的状况很混乱，记忆力紊乱，作息又不正常，我真的担心你。

她的手扶住我，我挣脱开。

等一下，你等一下，我看着小陆，你和我妈到底是什么关系？

小陆一愣。

为什么我和老方的事情我妈会知道？还有……我扶着脑袋，努力回想，还有你是怎么出现的？明明我还没有把房子放租的消息挂上中介网，为什么你会找上门来？你是我妈派来监视我的，对吧？

小陆只是睁着她那双小孩子一样的眼睛，愣愣地看着我：你在说什么？

我缓缓站起来看着她：监视我，是你的兼职吗？她给了你多少钱？

小陆好像明白了什么，她颓然地坐下来，像是在尝试与我沟通。

我知道在这个瞬间，她已经开始把我当成病人。

心洁，你听我说，我那时候在找房子，真的在网上看到了这样一条招租信息，然后我按照电话打过来，就是你的电话。你真的需要看看医生，你的记忆力出了问题。

不对，我摇头。不对，不是我的问题。你来之前，我一直没有问题……麻烦你搬出去。

你赶我走？小陆一愣。

你走。明天就搬走。

小陆叹了口气：那可不可以给我几天时间？我需要时间找房子，一找到就搬出去，好不好？

不行，你明天就搬走。我坚持。

她想了想，然后说，可以，但你要答应我，明天跟我一起去看医生。

有病我自己会去看医生，何况我没有病。

小陆的脸色变得沉重。

你如果不跟我一起去，我就打电话告诉你妈你所有的情况，到时候你妈肯定会拉你去检查，如果确诊了她会把你送去住院。你知道的，精神病医院有家属签字就能同意入住。你和我去，至少不用担心被我签字送进医院。

我抬起头看着小陆，明明那么稚嫩的脸，却有着成熟冷静的表情。我不知道从一开始是怎么样让这样一个人进入了我的家、我的生活。

但我知道，现在一切都太迟了。

我点点头，屈服了。

小陆把那杯姜柠乐递给我，我乖乖喝下，然后感到困意如潮水袭来。

梦里有一双手从河底伸出，我看不见它后面的身体，只见到一双人类的手。我分不清它是想推开我,还是想把我拉向更深处。它只是挥舞着,将周遭的黄沙与河水,搅成一片迷雾。

一踩油门,掠过无数灯光炫目的街道,恍然又回到那个地方。

姑苏街1号。那栋灯火通明的住宅,从商场往上数23层,就是老方的家。那盏从落地窗口透出来的水晶吊灯,多么华丽璀璨,又多么脆弱。他曾经跟我说过,那里对他来说从不代表温馨,是真的吗?

但为什么水晶折射出来的灯光,显得那么温柔模糊?

许久才发现,是我哭了。

老方他们一家人,平时几点睡?现在是不是正坐在沙发上看电视?我知道他妻子最近开始去美容院,办了一张半年的卡,也就是说,不打算再去国外陪儿子读书了吗?我也知道他女儿开始上芭蕾舞班,可那只是暑期兴趣班而已吧。

我又拨通了老方的电话。没有人接听。

是的,从来没有什么睡衣派对。昨晚,还有以前的很多晚上,我都在这里度过。我承认这很变态,可我不能就这样失去老方,只要想象和他待在同一个空间,就能让我好受很多。然而通常,我会在车子里睡着。

只要哭累了,就会睡得好。这是我在这段时间里明白的道理。

· · · · · · · ·

血,是丁思辰醒来时看到的唯一颜色。洁白的床单上,血红蔓延出妖异而奔放的花。

过了好一会儿,丁思辰才意识到这血是从自己身体中流出来的。腹中隐隐作痛,像是被什么狠狠打过一拳。她抬头四望:周遭的绿色墙壁、肮脏的白色窗帘、隔壁床铺不知是睡是醒的憔悴妇女。她意识到这里是医院。

发生了什么?脑袋一片模糊,记忆像夜晚的迷雾,无从看到出口。

她惊恐地呼救。不一会儿,走廊传来脚步声,一个面色冷静的中年护士走进来。

流血了,我流血了!她尖叫着。而护士只是用力按住她的手脚,扫了一眼她的下身。

我去给你拿裤子换。

尽管护士反复告诉丁思辰这只是例假,但她不相信,她想一定发生了什么。然而,身边每一个人都告诉她,她只需要保持安静,乖乖躺好,每天6点半起床,然后晨练,7点半吃早餐。

早餐很简单,一般是稀粥和馒头。吃完早餐就必须服下几颗药丸。上午有时是集体清洁房间走廊,有时是和医生交谈,有时是看书或电视。12点开始午饭,然后又吃药。半小时午睡之后,检测身体指标。下午一般会安排运动或是劳作学习。

7点吃完晚饭后是强制性的散步时间。10点熄灯就寝之前,还必须强制性地写日记。很多院友会写下一些凌乱不详的文字,或是完全没有表达欲,日记本上每天只有一句"今天吃了包子"之类的记录。而丁思辰的日记相较之下非常长,在文字之间,还夹杂着符号与图像。虽然医生看不懂那些符号,但她的文字已经足够表达她的情绪。

医生和护士们意识到,丁思辰有丰沛的表达欲望,不仅表现在文字上,也表现在日常生活中。当她习惯了生活作息后,整个人放松下来,常常捉着护士或是室友讲故事,那些故事乍听像是童话,可经常有头没尾,也没有什么参考价值和重点。

当医生问起她是从哪里听来的这些故事时,她会说,是小时候的好朋友告诉她的。

有时候她会在日记里把故事写出来,没有人知道这些故事是真的存在,还是她乱编的。丁思辰仿佛变成了一个爱说故事的幼儿园老师,每天絮絮叨叨。尽管如此,其他表现都很正常。

有一天,丁思辰说完了故事,问她的室友,你没有想过出去吗?

她的室友是位大婶,圆滚滚的像个每天只会笑的皮球。大婶听见后,乐得要命。你想出去?很简单,晚上趁人睡着自己溜出去就行了,你那么瘦,肯定爬得过铁栏。

那你不出去吗?

我胖啊,会卡住哈哈哈。大婶笑得更大声了。

不试试吗?

没有啊,出去干什么?我们都不想出去,这里挺好的,大婶一脸认真地说。

是啊,这里是挺好的,丁思辰心想,但有一件事情她放不下。仿佛是看出了她心中所想,大婶神秘兮兮地凑上来,压低声音对丁思辰说,放心,我不会告诉别人的。大婶煞有介事地和她拉了钩。

星期五的晚上——也有可能不是星期五，这里的人们都忘记了日期和时间，反正那晚值班的护士特别懒散，丁思辰从床上爬起来，蹑手蹑脚地走出病房，走过走廊，走下楼梯，走出大门。她找到栏杆的边界，选了两根看起来隔得最阔的栏杆，像蛇一样钻了出去。

一切都很顺利，她真的很擅长在夜晚游走，纤细的身型在夜色中仿佛一株随风摇曳的植物，头发遮住了她最容易在黑暗中被人发现的白皙脸庞。她的脚步很轻，不是刻意的轻，是天生的飘摇似的脚步。她的同学曾经说过她很适合做舞蹈演员。

夜色中的乡村国道，像一条绵延的有生命的蛇，指向远方的村落。那里有灯光，有她最渴望的人，她必须见到他，亲口问问他到底是怎么回事。为什么她醒来后见不到他，也没有任何人告诉她关于他的消息。

一定是发生了什么，她想。她必须尽快告诉他。或许他不知道她去了哪里，或许他也在四处寻找她。想到这儿，她加快了脚步。

四周无止境的黑暗里仿佛有浓厚的呼吸，她想起日记里写的那些童话故事，水猴子的故事，或是其他让小孩子睡不着觉的生物。她以为她会很害怕，可原来她没有，想起他，她变得勇敢，无坚不摧。

双脚已经失去知觉，就像第一天跟踪辜清礼回家时那样，那种狂喜的、神秘的游戏感填充了四肢。她觉得自己像是一个体内充满棉花的娃娃,一点也不累,一点也不饿,不口渴。

说起来,只是感觉有点冷。奇怪,秋天怎么那么快就来了?

但时间对她来说没有意义。这些天在精神病院里她想明白了这点。时间没有意义,因为那只是衡量吃、喝、拉、撒的一种刻度,对于一些永恒深刻的东西来说,它没有任何改变的力量。想明白这点之后,她心情舒畅了许多,就像在精神病院里一样,只要坦然地放弃抵抗,让时间在自己身体上碾压而过,闭上眼,你就还是你,没有什么能改变你。

就像这条路,只要一直走,就能走到他的身边。

眼前的村落越来越清晰,零星的黄色灯光在夜色中制造出一些温暖的幻象。她的心中涌现出旖旎的暖流。那些夜晚,在河边,他发现了她并捕获了她。她一开始想逃,后来意识到逃跑毫无意义。她一开始也想玩一些有趣的游戏,比如欲擒故纵,比如若即若离。可是很快她发现不需要,因为他的温柔如此宏大,那是天罗地网,像季节的降临一样不可抗拒。

河水是冷的,但肌肤是热的。夜色是暗的,但对方的眼睛是明亮的。她闭上眼睛,许多许多河水涌入,她被包围在他的手臂里,无路可逃。

她快步走向那村庄。那记忆里矮小、破旧的平房,那里是他的家。

是的,他家不富有,他的母亲脾气古怪又好赌暴戾。但那不是他,他是温润的、高傲的,是在尘世中能够不染尘埃的人。他那白皙的棱角分明的脸;那鲜有笑容,但笑起来无比灿烂的嘴角；他的眼镜，遮挡住那眼眸里一部分的深刻——还好有那眼镜的遮挡，否则她怕自己无法面对他的眼睛，她会融化在他的目光里。

找到了！那扇门，破旧的门。她觉得有哪里不对劲，门比以前破旧了，但门边粘有被风吹散的红纸。夜色中那红显得隐秘，让人有种不安之感。

使尽所有力气拍门，就要见到了，她的宿命，她的神祇。

没有人开门。

丁思辰大叫起来，意图用所有力气发泄的渠道敲开这扇门，但，没有任何回应。就像往虚空投递的信件，就像沉入湖底的石块，屋子里的黑暗和红色吸收了她所有的力气。她用力捶门，感到自己越来越薄。

有狗叫声传来，先是一声，然后村中四处有所回应。不能被人发现，现在还不能。她深吸一口气，用最后的力气撞开门，痛得她泪花溢出。

门终于开了。撞伤的手臂一片麻木，但这不重要。跌跌撞撞地走进那破旧的小院，一片浓烈的黑暗里，月光慢慢将一切显露出来。

满地红色。

一开始她以为是血，等到眼睛适应了月光的亮度，她看见那不是血，是满地的鞭炮衣。那层层叠叠的红色鞭炮衣让这里像是惨烈的凶杀现场。

周围都是颓败的喜庆。

她走向主屋,门没有锁,一拉就开。一股浓烈的霉味袭来,那是一段时间内没有人类居住的味道。她放慢呼吸,走进黑暗中。奇怪,即使什么也看不见,一路也没有撞到任何东西。她很快意识到,这里是空的,这间屋子是空荡荡的。

她摸到窗户,并用力打开。瞬间月光如同河水一样倾泻进来,墙上的东西在月光下如此刺目。

那是一张照片,一男一女,两人的胸前戴着喜庆的红花,那红色如同一把最锋利的刀刃,狠狠扎进她的眼睛。

那男人就是她心心念念的辜清礼。而照片中的女人,有一点熟悉,又好像不认识,有一瞬间她以为那是她自己,但她很快知道那不是。

那只是另一个幸福的新娘。

不会的,她想。一定是药物,让我出现了幻觉。

一定是。

新娘浅浅的笑,再次映入丁思辰的眼睛,她倒在厚厚的鞭炮衣上,身下的红,像流了一地的血。

· · · · · · ·

我又来到了这栋浅蓝色的三层建筑,博慈之舟康复院,但这次不是为了接小陆下班。

我是去面诊。

乖乖地跟着小陆走进大门,前台姑娘还是对我笑,但笑中有同情。这是面对病人和病人家属时应该展露的笑容,客气,疏离，尽量表现出平等，我恨不得此时戴上口罩和帽子。

二楼走廊尽头的问诊室，一位姓高的女医生接待了我。小陆说她会在外面等我，我故作镇定地自己把门关了，回头独自面对那个戴眼镜的女医生。

高医生年纪不轻了，但第一次见她，我就识破了她眼镜后面那双假装和蔼平静的眼睛，意识到这里比想象中冷酷。尽管此地的钢琴曲柔和动听，但我必须戒备。

她对我笑了笑，而我没打算对她笑，只是坐下，一脸"别浪费我时间"的烦躁模样。

于是，她给我倒了一杯水，九成的热水，只有一成常温水。她把水放在我面前，并没有提醒我水很热。

我仔细观察她的任何举动。

高医生坐下来，开口问我，你是演员？

是的。

难怪，你长发很漂亮。她脸上挂着淡淡笑容。

谢谢，其实这次是小陆太担心我了，我没事，不好意思打扰你时间。

没关系的，这次咨询是免费的，你试试吧。小陆经常介绍客户来我们这里，客户的满意度都很高。

客户？是那些龟缩在每一个病房里，失魂落魄，不能被视为有完整人格的精神病人吧！我在心里冷笑。她把他们称为客户，对她来说，他们只是用来完善整个商业行为的对象。

我镇定地说，最近确实遇到一些烦心事，但我想每个人都有这个阶段，我很快就能过去。

未必，她客气地笑笑。小陆把你的情况大概跟我说了一下，她轻描淡写地说了一句。

小陆把我的事情告诉医生了？我心中的怒气一下子爆开。这位姓陆的社工小姐，真的明白什么叫隐私吗？我就不该听她的话跟她过来，当初也不该让她进我家的门。我还为了给她留下好印象腾出空间，把挤爆柜子的40多双高跟鞋扔了一大半！

我气得喝了口水，发现水温其实刚好。

高医生脱下眼镜，用她那双飞扬的丹凤眼看着我。那凌厉的眉目，或许可以震慑到懦弱的病人和心力交瘁的家属，但对我来说没有意义。我刚要开口，高医生先说话了。

不如我们先聊聊你最近的睡眠问题，听说你睡得不太好？

是不太好，但我不用工作，白天可以补眠。

你不是没有睡，而是在睡眠的时候会做些奇怪的事情，比如在深夜自己起床看电视、吃生香肠，会自己一个人开车去其他地方……这些你知道吗？

医生，我在哪里睡，这是我的自由，比如说我晚上去约炮，难道这样也有病吗？

高医生笑笑：当然不是，但心灵空虚也可以用其他的方法去填补，比如，你养过宠物吧？

我知道此时我的面色有些苍白。

高医生笑笑看着我：其实养宠物也是一个不错的方法，虽然有情感依赖，失去的时候难免陷入悲伤，但是既然养了，就要接受它离开时的悲痛。

我点点头，表情无比僵硬。

不用太自责，在睡着的时候，做了错事不是你的错，可能是身体出了问题。我们想办法去解决就好。

我茫然地点头。

其实也不需要太担心，至少现在还没有什么严重的后果。你可以先在这里抽血化验一下。

抽血？为什么要抽血？

有时情绪低落会出现一系列反应，不一定是心理问题，有可能是身体激素紊乱，像是甲状腺功能减退，我们要排除这个问题。抽完血我给你开一点安眠药，让你睡眠更好，好吗？

高医生说这话时，就像在用糖果引诱无知女童。

其实我很少吃安眠药，为了不依赖药物，我宁愿失眠，我说。

高医生重新架回眼镜，在电脑上打着药方，一边轻描淡写地说着：

亲爱的，如果一个新演员不去担心怎么入戏，反而担心自己入戏了抽离不出来，是不是很无谓？

我想我明白了她的意思，于是驯服地点点头。

她职业性地露出一个胜利的笑容。

当我按着手臂上的针孔坐在休息室等待时，透过窗户刚好看到病人们在楼下做户外活动，用目光搜寻良久，却没有看到丁姨。

不知为何，我觉得我有义务去关心她，尤其是在我知道母亲和她有着某种联系后。

一个护士经过，我连忙叫住，直接问护士为什么不见丁姨。那护士告诉我，丁姨最近又发病了。

我假装同情地叹了口气。

是风暴又来袭了吗？那风暴究竟是什么？

我站起来，趁着小陆去处理工作的事情，偷偷丢了堵住伤口的棉签，从走廊尽头的楼梯走上三楼。

心脏怦怦直跳，但我认为我只有这条路可以走，走上楼梯去寻根究底。一直以来，我的生活仿佛漂在某些介质的表面，就像，就像在河上漂浮。看得见沿途的风景，但永远看不透水下的世界。很多时候脑海中会出现这样的画面：从高处俯瞰在河水里漂流的我，变成小小的一个点，而在我身下的河水里，有一个巨大的黑影，它与我形影不离，在水底用那双浑浊的眼睛观察着我。

不知道它会在什么时候突然从水中跃起，我必须先去触碰它。

此时已经走到305门口，这是她的房门号，我只看一眼就记住了，就像记住了她那张沟壑纵横的脸。

房间里传出支离破碎的歌声，旋律和歌词都不连贯，但她断断续续地唱着，仿佛必须要完成一个任务，即使再累再难，也要唱完这首歌。

我透过窗户寻找正在唱歌的女人，病房里的丁姨突然转头看向窗户，我立刻闪回身体，但很快发现她的目光像雾一样，扫过我，扫过所有，并没有焦点。于是我缓缓再次探身回到窗户前。

此时我闻到一些香气,像是玫瑰花香。这娇艳的气息在这清冷的精神病院,显得格外突兀。

桌上又是一簇新鲜花束,到底是谁整天给她送花?我疑惑。

但奇怪的是,再次近距离见到丁姨的脸,我却并不怎么害怕。也许是因为她今日没有穿之前那件女式西装外套,在宽大的病号服下,丁姨显得非常柔弱,加上她亢奋地唱着歌的神情,看起来像是有着某种先天缺憾的儿童,令人不由自主地想要予以保护。

她看见了我,是真的看见了,我感觉到空气中的某种平和被打断。她瞳孔深处的某些东西,被迅速改变了!

洁洁!她叫我。

在这个瞬间,我竟然觉得她认识我是一件很正常的事。她也许看过我的电视剧,也许……也许我的母亲给她看过我的照片……我最终决定不去想原因,因为她的瞳孔里面已经着了火,那是一种名为恐惧的火焰。

洁洁!你怎么这样?!她喊了起来。

我不知所措地站着,看着她。她眼中的火焰陡然改变颜色,由强烈的橙红色变成夹杂着蓝色,她在情绪剧烈波动的同时,亦很伤心。

要把衣服穿上啊,不可以这样的!她对我大喊。

我低头看看自己,衣衫齐整,她却很快从房间的衣柜里掏出许多衣服,试图从窗户的窄缝中塞给我。旧的西装外套、新的羊毛风衣、开司米长裙……都被她揉成一团,用力想要挤过栏杆,可是有一条新的秋季裙子被栏杆卡住过不来。她见状,开始狂暴地撕扯起裙子，随着丝线断裂的声音，裙子上缀饰的水晶珠散落地面，发出微弱而细碎的声音。

裙子被扔到我的面前，还有她的其他衣服，一团一团，像五颜六色的塑料袋。我这才发现，她自己的衣服全都色彩鲜艳。也许，正是因为她的世界有时会变成黑白，所以她才格外狂热于颜色的刺激。

穿上！快！快穿上啊！她在窗内大喊着。

而我茫然地看着面前那些彩色的布料，视线却越来越模糊，是刚刚抽血的缘故吗？我听见许多急促的脚步声往这边赶来，看见有人拉住丁姨，听见有护士大喊她的名字。

丁思辰！

她叫丁思辰！

一切越来越模糊，就在视线里，所有鲜艳的颜色混为一摊绚丽的沼泽，我的身体逐渐失去重量感，坠入那仿佛飘着毒气的沼泽中。

那一刻，我在那些散落满地的彩色衣物中看见了父亲的照片。

我开始渐渐领悟到，我的直觉是对的，我必须去拨开那些迷雾，找出他们之间的联系，否则这一生都要伴随着水下那团黑影漂浮于人世间，无处安心。

人恐惧于未知，但当他意识到自己的无知，便也同时拥有了找寻的勇气。

· · · · · · · ·

荣耀归于你，我的主，我的父。

少女丁思辰的脸庄重而祥和，跟着众人唱起圣歌。

天气开始变冷，可那又怎么样呢？窗外天光云影，女老师说，一切都会被清洗干净，所有迷乱都会过去。既然都会过去，又何必执着于发生了什么？

走出教会的时候，丁思辰还是忍不住请求女老师，可不可以帮我约一下辜清礼？我知道他结婚了，我只是想见见他，我现在真的很平静，我想告诉他我不是坏人。

女老师摸着她的头温柔地说，一切都会过去，一切都会有新的恩赐。丁思辰没有出声，低头吃着酸奶。许久，丁思辰抬起头问女老师，可是，要清洗什么呢？我哪里脏呢？

女老师的笑容凝结在脸上，只一瞬间，很快，女老师又恢复了温和而慈爱的模样，抬手要摸丁思辰的头发，被她灵巧地躲开了。

女老师无奈，你回学校吧。

不用守着我一起回去？丁思辰问。

我还有些事情要办，你乖。女老师拍了拍她的肩膀，总算是做足了慈爱的模样。

但丁思辰没打算那么快回学校，难得被老师带出来"放风"，她很珍惜这自由时光。

学校后门的小广场从中午开始会摆起各种小摊档，专门做学生生意，有卖土特产零食的，有卖花花绿绿的袜子内衣的，丁思辰饶有兴致地一边吃酸奶一边逛着。突然，一双手提住了她的脚。

面目灰暗的中年妇女，举的纸板上用红色笔写着"还我儿子赵弈"。

中年妇女似乎已经坐在这里很久了，灰头土脸的样子像一个乞丐，口中喃喃不清地念着："见着我儿子了吗？"一只手就将一张照片塞到丁思辰怀中。黏黏腻腻的手指触碰起来像蛇一般，丁思辰吓得尖叫着甩开，撒腿就跑。

也不知道跑了多久，大概离学校有了一段距离，她才停下脚步大口喘息。

这已经到了老城中心吧？绿荫街道将天色遮得严严实实，车水马龙中渗透出一种市井的新鲜感。仿佛是第一次面对这个宏大的城市，丁思辰这才发现，好像一瞬之间，一切都变了。她明明记得，这个转角，以前没有这栋大楼；那个路口，以前也没有那座花坛。世界迅速地，在她失去记忆的那段时间里，变得陌生而繁华。就像她那场失败的小小爱情，就这样被抛弃在时间洪流之后。

大路上，安装了最新的红绿灯。以前这里没有交通灯的，人们就那样一窝蜂地和单车摩托轿车挤在路中央。现在，所有的人等在马路两边，等待着新的秩序带给他们的指令。

就在对面密密麻麻的人群中，丁思辰看见了一张熟悉的脸孔：辜清礼。

是他，他的眼镜还架在挺拔的鼻子上，他有一点变了，但又说不出是哪里。这一刻，丁思辰相信了，那些虔诚的祈祷，那些优美的赞歌，原来真的有用！

而就在下一个瞬间，她发现了他身边的人，就是那张结婚照片上的女子，梳着温顺的短发，脸上带着不知从何而来的光芒。

丁思辰突然明白了，那光芒，来自女子怀中抱着的婴儿。

这一家三口，如同最刺目的光，刺伤了她的眼睛。

为何，为何会变成这样？那个在河边亲吻她，拥抱她，给她刻骨誓言的男子，为何会在此时此地，与别人组成迎面而来的一家人，她真的搞不懂。

就在那一家三口的旁边，站着另一个人，女老师。

是那个曾经送给她露华浓口红，教她使用安全套，带她去教会叫她不要说谎言的女老师。那个刚刚和她道别，想摸她头发的女老师。

红绿灯不知在什么时候变了，人群把丁思辰淹没其中，那沉浸在幸福中的一家人并没有发现她。她听见那短发女子在经过时，喊了女老师，妈。

她终于明白了，他们是一家四口。

她不会有胜算了，一点一滴都不会有。

茫然无助地被过马路的人群推着向前走去，她尝试着大口大口呼吸，氧气却越来越少。她尝试睁大眼睛，然而眼前总有熙攘的一切挡住视线。此刻，她只想钻回冰冷的水中，沉没到深深的水底。

血，丁思辰先是看见血。然后她意识到血从自己身体滴落，确切地说，是两腿之间。当她感觉到自己被身边的人发现，观望,她用力拨开人群,奋力奔跑。

· · · · · · · ·

我在海边用力奔跑,感觉到肺部氧气变得稀薄。但现在我不想停,因为有人追着我。

一双稚嫩的小手从后面拉住了我的衣角。

捉住你了!小手的主人脸上带着冰激凌的痕迹,阳光晒干水分,留下甜腻的笑纹。

我蹲下身的同时还在喘着气。她体贴地把小手放在我背上,一下一下地拍着。

我们什么时候去看美人鱼?小女生睁着黑白分明的眼睛看着我。

我们要先去买水和吃的。我站起身,拉住她的手往前走。

海边的小店里零食品种并不齐全,但我心里非常清楚需要买些什么。酸奶要草莓味,巧克力棒要白巧的,薯片番茄味,雪芳蛋糕要香草味。她扬起头笑眯眯地看着我,这些刚好都是她喜欢的零食。我也对她笑了笑,跟踪她们那么久,这点资料我还是知道的。

一艘小渔船早就等在岸边,随着轻微的浪一下一下漂浮着。她被船夫抱上船,我看了看远处海上那影影绰绰的岛屿,也踏上那窄小的船舱。

出发!我说,同时抱住了兴高采烈的她。

船夫开动机器,一股浓烈的机油味飘散出来。随即船体迅速破开海面,耳边的风凌厉起来。急速的海风让她感到害怕,微微地蜷缩起身子,往我的身体靠拢。那是幼小的身体本能感觉到的威胁,但她却不知道,她想要依靠的我,内心的惊涛骇浪更甚于此。

也不知道航行了多久,小船在海中间的大浪中靠岸。我抱起快要陷入睡眠的小女孩下船。随后,船夫转身驾船离去,女孩在迷迷糊糊间揉揉眼睛,目送着小船消失在雾气中。

我转身看看这岛。

目之所及没有人迹,只有一片平整的海滩,被开着紫色花朵的藤蔓植物包围。这以外,就只有浓密的树林。我拉着她从简陋的码头沿着石头堆砌而成的堤岸走向海滩。

美人鱼在哪儿?她着急地问。

就在岛上,不过白天看不见,夜晚才有呢。

她点点头,胆怯地观望四周环境。

你去玩吧,白天这里虽然没有美人鱼,但有贝壳、海胆,幸运的话还能捉到海星。

真的吗?

嗯,去吧。

她真的是一个被教育得很好的小姑娘,天真、热情、有礼貌,且对这个世界有着非常难得的炽热的好奇心。可惜,她没有被教育,不该随便跟一个不认识的阿姨去荒岛。

趁着小女生兴高采烈地在浅水和沙滩自娱自乐,我从背囊里拿出简易帐篷,开始支起小小的空间,然后拿出暖水壶,倒出里面的热茶。

那是什么？她玩得气喘吁吁，跑过来问我。

蜂蜜花茶，你要吗？我把杯子递给她。

她警惕地闻了闻，像一只小兽在确认水质是否洁净。当她闻到香甜的玫瑰味道时，不再怀疑，捧着杯子喝了起来。

比 Teresa 煮的好喝，她说。

我当然知道 Teresa 是谁，是她家的印尼女佣姐姐，年轻有活力，今年年底要和在日本工作的男友结婚，因此手上总是戴着一枚小小的金戒指。

Nancy，你很喜欢喝玫瑰花茶？

嗯！

你知道为什么这么好喝吗？

为什么？

因为我加了些东西呀！

什么东西呀？她睁着圆圆的眼睛问我。

我笑了笑：不能告诉你哦，因为是秘密配方。

你看！她突然兴奋地指着前方海面。

海面那端，一轮火红落日静挂天地间。波澜随之静止，暮色中的山岚被染成血色，世界在壮阔中即将沉入黑暗。她被广阔的血红震撼，目不转睛地盯着这崭新的风景。我知道，在她那小小的世界里，只有粉红色柔软的公仔、白色钢琴奏出的乐曲、吐字清晰的英文词句，她没有见过世界的真相。

当暮色吞噬最后一丝血红，巨大的幽蓝包围了海面。空气中的燠热变成了荒凉。她用手抱住我。

Nancy，你害怕吗？我问。

我想 Kitty 了。

Kitty 是你的猫？

不是，Kitty 是狗，它死了。

那它和小茶现在一定是好朋友。

小茶是谁？

是我的猫，我说。

它也死了吗？

谁都会死。

Kitty 是病死的，小茶呢？

我笑着摇摇头，看着远处的海面。到了夜晚，美人鱼随时会出现哦。

她的注意力立刻被海面吸引，那在暮色中越发深沉的海面，看起来好像真的有神秘事件会发生似的。

你知道安徒生童话吗？那个小美人鱼的故事。

嗯。小美人鱼变成公主，嫁给了王子，她开心地回答。

不对，故事真正的结尾是，小美人鱼变成了泡沫，王子娶了另一个公主才对。

为什么！

因为从头到尾，都是小美人鱼一厢情愿啊，王子从来都不知道小美人鱼喜欢自己，也从来没有喜欢过小美人鱼。

王子喜欢小美人鱼！她抗议。

嗯,是喜欢,但不是同一种喜欢。

那是什么?她有些生气。

那是一种很自私的喜欢,王子觉得小美人鱼漂亮,觉得她很特别,觉得她很可怜,于是对她好,把她带回家。可是他从来没有想过娶她为妻,自始至终王子只能娶陆地上真正的公主。

她不再说话,眼眸中充满失望。她低下头,小声说,可我喜欢美人鱼。

那好吧,你在心里想着美人鱼的故事,就更有可能看见她,要仔细看哦,我说。

她用力点头,虔诚地看着海面。

我站起身,离开她走到距离海滩有一段距离的堤岸上。我看看手机,上面有几十个未接来电。

猎猎海风中,我回拨那个熟悉的号码。电话立刻被接通,老方疲惫而紧绷的声音传来:说吧,你到底把 Nancy 带去哪儿了?

那声音里,完全没有了曾经他和我打电话时那种压低声音的鬼祟,只剩下明晃晃的对峙。

Nancy 妈妈知道了吗?我冷静地问。

怎么可能不知道!她现在就在旁边!

那好,帮我跟她说声对不起,我轻声说。

电话那头是死一般的沉静,许久,老方爆发出野兽一样的嘶吼。

你什么意思?你把 Nancy 怎么样了?

电话里听见女人的尖叫,哭喊,咆哮。

我把手机转向海面,让风把一切歇斯底里带走,等一切被吹干净之后,我又听回手机。现在,电话那头,只剩下低低的抽泣。

叫完了吗?我说。

我要杀了你。

老方的声音笃定清晰,就像他刚认识我,跟我说"在一起吧"时一样清澈坚定。这个与我纠缠了5年的男人,用微弱的希望照亮我生命中的黑暗,让我以为只要等,就能有救赎;只要信,就能有未来。把我从曾经的暗处拉出来,拉入一个未知宇宙的男人,他说要杀了我。

风变冷了,我回头望了望沙滩上站着的女孩,她小小的身影在半掩的月亮下纤细无比。我突然很心疼她,她5岁,她出生那年,老方已经和我在一起了。

脸上凉凉的,不知是风还是雨,或者只是单纯的泪而已。蒙眬视线中,我看见海面慢慢染上一层淡淡的荧蓝色光芒,慢慢地,整个海岸线被蓝光渲染,如梦似幻。

终于等到美人鱼了。是时候把电话挂断了。

远处海面,一艘小船穿破雾气驶来。

好美啊!女孩兴奋地拉住我的手。

我把她抱起来放到船上:你看,我们就在美人鱼的眼泪里。

此时小船漂浮在一片幽光粼粼的海面,船夫没有开动机器,只是用桨缓缓拨开水面。女孩蹲在船边,看着这个从未见过的世界。

为什么美人鱼有那么多眼泪？为什么她的眼泪是蓝色的？

因为她要变成泡沫了啊。

她要死了吗？

每个人都会死，你害怕吗？

女孩认真想了想，然后点点头。

有美人鱼和 Kitty 陪你呀，这样也怕吗？

还有小茶。

是的，还有小茶。

她想了想，觉得一切好像也没有很糟。过了许久，我们慢慢驶出了有蓝藻的海面，她把头靠在我的手臂上。

还有小茶。她无意识地重复着我刚刚说的话，小小的身体垂软在我怀里。我抱着这个精致如洋娃娃的女孩，在她耳边轻轻说：

可是小茶是被我杀死的唷。

她睡着了。我却继续轻声说着，像是说给自己听：

那天我一觉醒来，就发现小茶在我身下。我也不知道在睡着的时候发生了什么，反正当我摸到它的时候，它的身体已经硬了。

从此以后，我不敢养任何宠物，不敢和任何人睡。我怕我在夜里变成另一个人。我怕我再一次醒来，身边又会有一具尸体。

风盖过了我的声音，怀里的女孩，呼吸渐渐缓慢。

· · · · · · · ·

丁思辰又回到学校，但她发现，有些什么变了。

为什么那些同学她都不认识？明明和以前的室友相处得还不错，为什么现在室友变成了另外的人？老师倒还是那些老师，饭堂供应的食物也大致相似，可是，总有些什么不同了。特别是新同学们，在经过她的时候，总是斜眼望着她。她不知道自己有哪里不对劲。

走过教学楼楼梯镜子的时候，丁思辰仔细端详着镜中的人，那么瘦，那么白，只有胸前的两点显了出来，像个不知道自己发育了的小孩子。眼睛异常的大，森森地从镜子里看出来，看向自己。她吓得退后一步。

定了定神，再往下看，见到裤子中间有块黑黑的痕迹。她不太确定那是什么，用手指沾了点闻了闻，是血腥味。她暗自不安，四下望了望，小跑回了寝室。

回寝室换了裤子，还是定不下心来。最可怕的是，她感觉自己寝室的东西曾被人翻动过。她迅速环视四处。室友没有回来，于是她迅速地跪在床边，从床底下拿出一个稍有些生锈的饼干盒子，那是她的宝贝。

丁思辰匆忙拂去表面灰尘，打开盒子查看。里面是一沓发黄的信纸，那属于她和她那秘密的童年朋友。

"夜晚偷溜出房间，就在信纸上画一个月亮形状，遇见了不开心的事画一把叉，开心则是一朵花，流泪是一个水滴，流泪整晚是一个巨大的水滴，疼痛是一把匕首。"

信纸上满满夹杂着文字和图案的笔迹，那是他们最初的秘密。这许多年来，丁思辰悄悄保存着这个世界，遵守承诺，不让秘密被任何人发现，毕竟这是他们童年所有痛苦得以交换的前提。

她抚摸着那一页又一页的信纸，其中的许多曾被温暖的泪水打湿。在孤儿院的那些夜晚，被重重凌霄花墙壁隔绝的院子里，她一遍又一遍摸索着信纸上那些代表痛苦与开心的图纹，知道在这个世界上，有个人曾与她一起哭泣，懂得她的痛、她的孤独、她的疑惑。

再也没有相同的灵魂可以分担她那双大眼睛深处的内容，没有人知道她在夜晚睡不着觉，看着星星与月亮，幼小的心已经逃离了这个世界，飞到九霄云外。

而高墙后面的对方呢？是否仍然存在在这个世界上，还是已经脱离了那些疼痛得无法呼吸的深夜，成为轻灵无比的飞花？

突然，丁思辰发现那沓泛黄的信纸中，有一张显得特别雪白。

刹那间，她意识到这是一封她没有发现的新信。是"那个人"！她的笔友、她曾经的灵魂伴侣，用某种魔法将新的信息放入了这个饼干盒中！

丁思辰颤抖着打开那张信纸，上面用拼音和图案写着寥寥几行，她知道这是密码。一定是那人，他或者她知道她的存在并找到了她，默默留下信息。

眼泪不可抑制地掉落下来，重新覆盖在那些柔软的信纸上，和十多年前的泪重叠，仿佛这十数年的时光不曾存在，仿佛自己一直以来像一叶飘零的花瓣，终于在虚空无尽的漂流中找到另一片花瓣。

信纸上的那些符号，丁思辰不需要太多时间解码，她立刻能明白对方的意思。

信中的意思是这样的：

"我要离开了，现在请你忘记痛苦，把过去当成一阵风。不要在夜里想任何事情，好好睡觉，好好生活。记住，不要相信爱情。"

"那个人"一直在她身边。

现在却为什么要离开？还有，为什么叫她不要相信爱情？

丁思辰思索着。此时窗外传来脚步声，室友回来了，她敏捷地将信纸塞在枕头底下。想了想，觉得不妥，还是放回饼干盒，重新塞回床底下。

室友回到房间时，看了一眼挂在床架边滴着水的裤子，眼睛里满是鄙夷。

你又弄到裤子上了？室友问。

丁思辰低下头，这是她保护自己的姿态。她默默地拿起裤子走出房门，打开房门前，听见了室友之间的嘀咕。

例假还没停，都快两个星期了，是不是有病啊？

要记着拖地，可别传染了！

这样背后的交谈，她们以为她听不见，其实她的听觉与嗅觉比以前还要灵敏。她冷笑着走在长长的宿舍走廊上，裤子上未干的水滴了一地，染在红砖地上，像长长的血迹。

丁思辰走上天台晾衣服，对面天台围坐在一起打牌的男生们看见了她，纷纷挥起手来。

是丁思辰哇！她今天有没有戴胸罩？一个男生对着她喊起来，立刻引来其他人的起哄。

没有耶！你看哇！又一个男生指着她，然后所有男生像是被注入了兴奋剂的野猫，龇牙咧嘴地大笑起来。

她回头看了他们一眼。

是的，她本来就孑然一身，但孑然一身就理应受到如此对待吗？从辜清礼到女老师，他们为何要这样对她？为什么他们那样心安理得，伤害了她还若无其事地生活着？凭什么？

没有洗胸罩吗？班长说要送一个给你！哈哈哈哈！

放肆的笑声从对面天台传了过来，丁思辰闭上眼睛，脑海里是铺天盖地的凌霄花。孤儿院的日日夜夜，那些她不知道自己是谁的时光里，只有他们共同创造出来的小小世界，那里色彩缤纷，河水碧且清澈，月色下的花带着幽蓝的露珠，茉莉和夜来香的味道清晰有力。

很多年来，当她在夜晚哭泣，当世界坍塌的时候，只要闭上眼睛，就能回到这个世界。

而现在，一切都结束了，从看见那最后一封信的一刻。

"他"要走了，那个世界也要消失了，一切都结束了！留下她一个人面对这个坚硬的世界。要怎么面对呢？以支离破碎的记忆和身体，还是那被爱情打乱的心灵？

最后，丁思辰走到天台边缘，对着男生们挥了挥手，嘴角疲惫地牵动了一下，像是一个嘲讽的笑。

喂！你们看我！她大声喊。

她把手缓缓地放在上衣衣角,然后拉了上去。白皙的皮肤在阳光下反出刺目光芒,胸部瞬间赤裸着,像一片不该出现在这个季节的雪地。

男生们安静下来,目瞪口呆。

她露出胜利的笑容,然后抬起腿,跨过天台的栏杆,跳了下去。

· · · · · · ·

码头海风很大。

再见到老方的时候,他的脸阴郁得像一块博物馆里的化石,当他看见我怀里一动不动的女孩,那化石瞬间变成熔岩。

嘘。我把食指放在嘴边,示意他不要出声。

那熟睡的女孩,她是真的累了。周末只有两天,又要练钢琴又要练跳舞,所以当我在跳舞课室外告诉她要去看美人鱼的时候,她的眼睛在刹那间发亮。女佣只负责把她从一个房间送往另一个房间,从来没有人带她出去玩。

我们逃课去了海边。她早就想逃走了,不是吗?一个破碎的家庭,一个在美国陪儿子的妈妈,一个和女演员偷情的爸爸。一个小时又一个小时,因为父母的亏欠感而被逼着去上昂贵的课外兴趣班。她逆来顺受,只有在夜晚抱着她的小狗入睡时,才有片刻安心。

老方一把抢过女孩,确认她的心跳呼吸正常,然后转身快步将女儿抱回车子。

四周一片沉寂，看来老方没有报警，这让我有些欣慰，心里涌起久别重逢的温度。我一直在想，再遇见老方会是怎样，他会有一丝留恋吗？有可能吗？面对我这样一个疯狂的情人，是恐惧战胜了那仅存的一点温存吧？

但我没有伤害到任何人，从头到尾我伤害到的，只有我自己而已。当时我是这样想的。

我充满温情地迎上去，想告诉老方其实我愿意去做任何事，只要他给我一个稍微合理的解释。如果他要求，我可以离开这个城市，远离他和他的家人，只要他开口。

而老方却转过头来，用最大力气，打了我一巴掌。

我被打倒在地，一瞬间天旋地转。他没有错，我真的做了很不好的事。然而接下来，他的拳头和脚像雨点一样落下来，他很了解我的身体，因此每一下都落在最柔软的部位。

一种熟悉感涌上心头，很多时候，熟悉感被默认为舒适、回归到本源的踏实感，即使那熟悉感来自疼痛、忍受、歇斯底里的情绪。

在老方的拳打脚踢下我想起第一次被他打的场面，那时候我和他正式交往一年多，他向我坦承了和妻子尚未离婚的事实。当时的我，却发现自己正陷入对他极度的依恋中，因此进退两难。在这样的心态下我遇见了同剧组的男演员，大概是为了让自己离开老方吧，我顺理成章地接受了男演员抛来的所有好意。我在电话里和老方坦承了这件事，大概有一点报复成分在，但我的原意是表态：想和老方结束这错误的一切。

谁知几天之后老方就来到了剧组所在的酒店，他拿了很大一束花等在大堂，所有人都看见了，包括那个男演员。我不明白老方这种大张旗鼓的示爱行为目的何在，要知道，他一直以来和我都非常低调。我之前把这低调当成离婚男人对男女情事一种本能的自我保护，这也可以理解。但，当我尴尬地把老方请进自己房间，关上门后，他却用力甩了我一巴掌。

整个过程大概持续了十几分钟，和他做一次爱的时间差不多。我一直不敢哭喊出来，怕被剧组的人听见，做出某方面的联想。奇怪我当时的顾虑竟是这个。

而老方在这方面很精细，他打了我一巴掌后，就再也没有打过我的脸，因为我是演员，明天还要上镜。他留了一夜就走了，之后在剧组里所有人都在看我和那个男演员的笑话，当然拍完戏他们再也没有和我联络。

老方就这样切断了我和别人的关联，我像一艘无处停泊的孤船，只能驶入他的码头。当他决定风平浪静时，我一动不能动，当他决定要来一场狂风暴雨，我就只能支离破碎。但，我也只有这个港口可以停靠。

有一段时间我甚至发现，熟悉了这种痛感，就没有了"恨"这种情绪。拖着满身伤痕，可同时也卸去了心中巨大的负担。我会短暂地觉得天好蓝，阳光好温暖，有工作、有食物多么值得感恩。这大概是在电影院看完灾难片之后，走到外面重见天日时的那种感觉吧。

此刻，我躺在码头湿漉漉的地上，眼中是被城市灯光照成了不知是什么颜色的难看天空。老方发出浓重的喘息声，他大概打累了。我们曾经以为彼此是能疗愈对方的人，而经过这些年，他还是不快乐，而且，他还老了。

我又何尝快乐过。

因为不知道老方休息到什么程度才会继续攻击我，我干脆闭上眼睛，开始明白了那个传说中的水猴子为什么生活在水底而不上岸看看。也许因为它们曾经像我一样在找能安然置身的陆地，却发现即使找到了港口，也上不了岸。

许久许久，老方已经走了，带着他沉睡的女儿回家，回那个早已破碎的家庭。

但这些已经和我无关了，我摇摇晃晃地站起来，耳鸣得厉害，视线也有些模糊。海面上漂浮着灯光反射的光点，遥远迷蒙的不知道是什么在朝我挥手。

是水猴子。

· · · · · · · ·

是水猴子。

它在召唤我，这令人失望的世界把很多东西都搞砸了，也许生命从一开始就是为了告诉我，我并不适合生活在人世。现在我知道了，所以，也没有什么大不了，反正就是明白了一个道理，下一次以其他的形式拥有生命的时候，大概会因为拥有了前世的记忆，再聪明一点点，坚韧一点点吧。

我想着至少要和谁告别一下，母亲吗？

想起她，我的心一阵荒凉。我知道她会很伤心，但我也知道她一定能挺过去的，毕竟她坚强到可怕。

我的经纪人吗？也许她会感叹一句，这辈子没上过娱乐版新闻的演员，第一次也是最后一次上新闻，竟然是在社会版。我真是她失败的作品。

还有谁值得告别呢？我在心里快速搜罗了一遍，这些年一直流转在不同剧组，除了老方，也没有什么深交的朋友。

就在我决定结束脑海中激烈的斗争时，突然蹦出一个名字，小陆。

这奇奇怪怪的女生，我和她认识也不到一个月，到现在也不知道她为什么会突然出现，是谁安排的，还是她有什么别的目的，我真是搞不清楚。就是这一点不确定性让我突然有种不踏实的感觉。本来以为这短短的一生已经想清楚想明白，可以告别了，结果却发现还是有些疑惑——人总不能带着疑惑去死啊。

于是我决定先坐下来，坐在码头边，抱着脑袋好好想想。我打算给自己半小时，如果还是想不清楚，就随便吧，反正下一世纠结就纠结，也不关我什么事了。

计时开始，我看着手机仅存的一点点电量。未读的短信提示占了一整屏，我大概翻了一下，倒是没有我妈的信息。舒了口气，这样挺好的，她什么也不知道，这样挺好的。我是不是该留下个信息，叫他们别让我妈来认尸了？

打完字，觉得一身都轻松了。好吧，就这样吧。

我把脚悬在外面，看了眼底下黑漆漆的海水。

水猴子，或是任何东西，什么都好，我来了。

身后一道光袭来，我回头，一下子被强烈的光线刺得闭上了眼睛。再睁开眼，觉察到那是车头灯的光线，一个人影在光中向我跑来。

真麻烦啊，情绪都酝酿好了，又整哪一招？

我索性闭上眼睛，把身体的重心往外用力一靠，却没有成功，因为我被人死死拉住了。

无奈地睁开眼睛，知道这回又失败了。好不容易适应了眼前的光，那人的面目在光中逐渐显现。

是小陆，她的短发此刻毛毛糙糙的，人也像一只惊慌炸毛的猫。怎么哪儿哪儿都有她？我还没反应过来，就被她扯起来，扯上那辆出租车，天知道她细细的胳膊怎么那么有力气。我想冲下车，却被她死死摁住，她用力关上车门。

师傅！去医院！

然后她一路就这么用细细的胳膊摁着我，最后我终于不反抗了。我知道死是一件不容易的事情，就是没想到临了还有她来阻一阻。算了，当时的我觉得，死和梦想一样，都是不能立刻实现的。

既然如此，就慢慢来吧。我放弃抵抗，软软地瘫在座位上。

小陆啊，我疲惫地说，你不是该搬走吗？

搬个屁！我要是搬走现在谁来找你？你是不是就得跳下去？

我有点招架不住，动动嘴巴，最后还是放弃。

辜心洁你是不是怂？小陆气得大骂起来，我就没见过像你这么没出息的女演员,被人甩了还死缠烂打,还打算跳海,你妈生你那么漂亮是浪费力气了,还是浪费食物了?

别人要是因为欠债去死,好歹还省了还钱的辛苦,你一没欠钱二没欠命,活了快30年你吃了多少牛扒龙虾鲍鱼?你要它们都白死了?用了多少瓶神仙水?你要那些钱都白花?

后视镜里,司机先生强装镇定的脸上,我还是看出了一丝震撼。

小陆就这样噼里啪啦地说着她奇怪的逻辑,我敢说这种态度要是被她的那些病人家属看见了,她能被投诉三百次。

一边听着,一边看着窗外城市的霓虹流光溢彩。真恍惚啊,这个世界。我们这一辈子,都像被胡萝卜牵着走的驴,经历了那么多同样的春夏秋冬、同样的日月更替,是为了什么呢?是为了明天太阳照常升起,还是为了夜晚重复痛苦?

我闭上眼睛,让眼前一片黑暗,突然想起常年住在精神病院里的丁姨,我可能有点明白她了。

她看见风暴的瞬间,无论这个世界有多么流光溢彩,之后又有多少美好的可能,在她的眼睛里,都已经不重要了。

我在小陆的碎碎念中,沉沉睡去。

· · · · · · · ·

从楼顶跳下去的丁思辰没有死。

她先是掉到楼下寝室晒出来的被子上,然后又掉进没人修剪的花丛里,被送进医院时浑身是血,但连条腿都没断。围观的人都说，没见过命那么大的人。

丁思辰醒来后一直没说话，过了好几天，她突然把医生叫来，很认真地说，医生，是这样的，检验班三年级的陈健生、李成材，还有中药班的王海潮、吕宁，他们强奸了我。快点叫警察捉他们！

学校把这四个男生叫来问话，他们亲眼看见她跳下楼，一个个被吓得话也说不清楚，只是一个劲地说自己什么也没有做。最后学校也没办法，只好交给警察。警察来了，丁思辰也不怎么说话，只是躺在病床上懒懒地看看前方，仿佛眼前有另一个更有趣的世界似的。

女老师来看望丁思辰，她眼皮也没抬一下。女老师给她剥橘子削苹果，她不吃，还把橘子全部丢开。

思辰，你到底怎么了？女老师柔声细语地问，我是想帮你。

丁思辰冷笑一下，她再糊涂，也不能忘记那日在红绿灯急促变换的马路上看到的那一幕。辜清礼、女老师和女儿，还有那个婴儿组成的一家人，哈哈，多么温馨的一家人。

明天我能再来看你吗？老师问。

可以啊，丁思辰突然开口。

女老师疲惫的脸上绽放出些许笑容。好啊，我会每天来看你的，你想吃什么？我去给你买。

不用，你给我讲个故事。

女老师一愣。

你每天给我讲一个完整的故事，如果故事有趣，我就让你过来，丁思辰望着眼前虚空的世界，一字一句，仿佛阅读着只有她能看见的启示。

女老师能做的只有点点头。

第二天，女老师买来了水果和蛋糕，她给丁思辰讲了一个狐狸和仙鹤的故事。

有一天，吝啬的狐狸请仙鹤吃饭，它端来一个浅浅的大大的盘子，里面是一点肉汤，仙鹤的尖喙根本喝不到，狐狸却喝得津津有味。然后第二天，仙鹤决定报仇，它说要回请狐狸。你猜它怎么做的？

我知道，丁思辰打断，仙鹤端上来一个又细又高的长瓶子，在里面放了汤。仙鹤用喙喝得津津有味，狐狸却一点也喝不到。

老师一愣，丁思辰竟然听过这个故事。

看着老师的神色，丁思辰突然爆发出孩童一般的笑声：好笨哦，仙鹤，它用喙就能啄瞎狐狸的眼睛吧！

丁思辰笑得直不起身子，女老师却笑不出来。这些年来自己细心呵护这个女孩格外脆弱的身心，呵护她的纯洁天真，却从未意识到，人类从骨子深处，也许就是有邪恶的底色。有些黑暗，是天生的。女老师想到这儿，止不住浑身颤抖。

你可以走了，丁思辰说。她躺回床上，翻了个身，不再理会女老师。

第二天女老师还是来了，讲了一个士兵和巫婆的故事。女老师慢慢地讲，下午的阳光开始从西边射入窗户。她故意慢慢说，观察着丁思辰的反应。

然后士兵带着钱来到城邦,每日花天酒地,身边有了一群狐朋狗友,可是他还是不满足。他得知城邦的公主非常美貌,于是幻想着有一天能够娶到公主。

丁思辰眼睛闭着,发出均匀的呼吸声,阳光照射在她的侧脸,将她脸上那些细小的绒毛染成金黄色。

女老师不再继续讲,只是爱怜地抚摸她的头发。丁思辰突然睁开眼睛,像条冬眠醒来的蛇。还没讲完呢!丁思辰暴怒。

老师要去上课了。明天再接着讲好吗?

那你明天别来了,这故事我听过了。

你听过了?女老师一愣。

结局是贪婪的士兵最后娶了公主,不仅如此,他还杀死了国王和王后,并且因为打火匣而得到了源源不绝的金钱,成为城邦新的国王。

丁思辰咬牙切齿地说着,最后还加上了自己的评论:那个士兵,他运气好。为什么那么多人去森林,却只有他能遇见巫婆?丁思辰这样说。有些人就是天生运气好,你再怎么生气嫉妒也没办法,她转头看着女老师笑了,你说对不对?

她看不见女老师那背对灯光的脸上的表情。

老师讲的故事,你都听过?

丁思辰点点头,她的脸突然有些哀伤。

我都听过,有人讲给过我听,她小声说。

第二天,直到傍晚女老师也没有出现。丁思辰下了床,走到窗边往外看。

街边挂着"计划经济与市场调节相结合"字样的红色条幅，街道似乎比以前更加纷乱。人与车流，都有着经历了大事件的疲惫。这是一种直觉，丁思辰感觉她身处的城市和以前不同了。

现在是哪一年？到了新的年代了吗？这城市似乎和她一样经历了一场混乱，而她说不出这是怎样一种混乱。一泓静水，表面只有微弱涟漪，却曾淹没了整个村庄。

此时的丁思辰虽然仍未记起与习惯许多事物，但她深深感受到了身体承受过变迁的痕迹。

饿了吗？

女老师的声音突然从身后传来。

丁思辰回头，只见她提着一两袋食物，放在床头柜上——取出。这是你喜欢喝的海带排骨汤。这是新推出的忌廉蛋糕，我也不知道怎么念，反正是国外的奶油做的，现在年轻人爱吃得要命，你也尝尝。

时代变了，就连食物，闻起来都陌生。

对于这种奇异的割裂感，她知道自己不能说出来，不能说给女老师听。他们会说这是"自杀未遂后遗症"一类的东西。她知道不是。

这些日子，每一位医护都对她小心翼翼，生怕她再次尝试自杀。丁思辰很想告诉他们，不需要的，决定结束生命是一种很难得的瞬间。在那个瞬间，你平静地知道，自己再也没有别的路可以走了，只有顺着风的指引往下跳。而此时，在这充斥着惨叫和血污的医院里，她不会有这样的心情。

蛋糕里的奶油在舌尖一下子就融化了，不像以前吃的本地生产的奶油蛋糕又厚又重，黏在口腔里好像怎样也刮不干净似的。女老师看着她吃蛋糕。

今天老师要说一个水猴子的故事，你听过吗？

丁思辰一愣，摇摇头。

很久以前，一个住在村里的小伙子的爸爸死了，但小伙子家里很穷，没有钱买棺材，只能把爸爸的尸体放在教堂里。而爸爸的尸体旁边，躺着一个淹死的男人，小伙子心肠很好，于是就把旁边那具尸体也用被子盖住了。

第二天，小伙子收拾了简单的行囊，决定去外面闯一闯。当他走过森林的时候，遇见了一个比他年长的流浪汉，两人成了旅伴。

后来他们来到一个美丽的国家，那个国家的公主相貌倾国倾城，可非常邪恶。所有人都能向她求婚，但如果不能三次答中她脑海中在想什么，就会被立刻处死。因此在公主的花园里，堆砌着许多挑战失败的男人的尸骨。

旅伴每一次都有意无意地提醒小伙子，这让他一次又一次地猜到了公主脑海中的词语。终于三次都猜中之后，公主虽然不愿意，但也只能嫁给小伙子。

新婚之夜，公主的眼神看起来特别可怕，小伙子按照旅伴的指示，偷偷在床底下放好了一口深深的水缸，然后趁着公主不注意把她按在水缸里。公主挣扎着，很快变成了一只样貌骇人的水猴子。原来，一直以来，公主都被这只怪物控制着。

最后水猴子一动不动，终于变回了真正美丽善良的公主。小伙子非常高兴，想要感谢旅伴，但旅伴已经不见，他留下一张字条：不用谢我，我是在报恩。

原来，旅伴就是教堂里那个淹死的男人，所以他能认出水猴子。

女老师讲完故事，突然发现黑暗中的丁思辰早已全身颤抖，她的眼睛瞪得圆圆的，口中念念有词。

你怎么了？

丁思辰突然发出撕心裂肺的号叫。

医生很快赶来，可她只是控制不住地尖叫哭喊。

越来越多人围上来，丁思辰的哭喊开始有了确切的内容，她说：他要强奸我！

声音越来越大，众人也只能把她按在床上。医生安抚她：警察已经调查过了，你说的那四个男生并没有对你做什么。

不，不是他们，是辜清礼！

丁思辰指着女老师，是你女儿的丈夫！辜清礼！

女老师一愣，久久不知如何回应。

丁思辰继续使尽全身力气般挣扎，用力撕扯、啃咬。最后护士按住她打了一针，她才软软地瘫倒。等她完全不能动弹时，女老师才走到她的身边，低下身，在她的耳边温柔地说：

思辰，不是这样的。

丁思辰无助地盯着自己的肚子，她尽力一字一字，咬牙切齿地说出来：

你们都骗我，不要再骗我了。

女老师看着丁思辰视线对准的方向，她明白，丁思辰终于知道了。

她终于知道这一切的割裂感来自哪里，那些陌生的同学，陌生的室友，陌生的红绿灯，陌生的饮食……因为丁思辰的生命里，平白无故地少了一年的记忆。

那一年，她有过孩子，然后又失去了他。

丁思辰的眼睛茫然地看着前方。

没有颜色，她虚弱地、喃喃地说。风暴来了，她说。

女老师怜惜地抱住丁思辰，丁思辰拼命想要挣脱。

然而，女老师那温柔的声线响彻丁思辰的脑海，一字一句地轻声细语，却如巨浪将她狠狠抛离海岸线，到最远最远的荒原。

女老师在她耳边这样说：

丁思辰，这一切都是你的幻想。辜清礼根本就不认识你。

· · · · · · · ·

风暴，从远而近，从海的那端蔓延开来。

这是我第一次看见风暴的模样，远处漆黑一片，而就在那漆黑中，又有更漆黑的存在。那不是夜雾，更不是蜃景，在变换的形状中，在我看不见的海岸线那端，它已将所有都吞咽，此时正逼近我所在的楼宇。

所有人都在各自的睡床上安眠，只有我看到了这一切。我叫不出声，甚至形容不出它是什么。是一只远古时期的蛇颈龙吗？

它如此巨大,以至于我们生存的楼宇,其实只是建造在了它绵延千里的爪牙之上。当它沉睡已久,终于起身回头时,抬起手,像处理尘埃一般,将唯一清醒的我吞噬。

然后,那些巨大的影子,在海面上掀起风暴,继而重新排列组合出新的大陆构造。当你的视线再次清晰时,已经身处在它改建的世界里,你已不是你。

这是《水猴子》这个童话故事真正的意义吗?

我猛然睁开眼睛。

阳光穿透鹅黄色的窗帘。我迅速起身,拉开窗帘。窗外天蓝树绿,世界还是一副和煦的旧模样。舒了口气准备下床,想要找拖鞋,却触到一团毛茸茸的物件,那熟悉的触感让我一瞬间惊叫起来。

低下头,一堆熟悉的茶色和白色交杂的毛发。

小茶!我忍不住尖叫起来。

而那只猫就这样懒懒闲闲地盯着我,盯了好一阵子。

我终于意识到,它不是小茶,虽然毛色接近,但……猫的气质是不同的。小茶永远一副担惊受怕的样子,而眼前这一团物体,则是一副"你打我啊"的神情。我满腹疑云,把它从拖鞋上面挪开,大步走去客厅。

客厅一片黑暗,小陆似乎刚刚还在,她的电脑屏幕在沙发上微微亮着。

我走到她的电脑前,瞥见屏幕上密密麻麻的文字,上面有些"心理研究"之类的字眼,大概是她的研究生论文。"遗传性精神疾病与应激性心理反应",她写到这里,鼠标在后面一闪一闪,我低下头看了一眼。

早啊!

小陆从洗手间出来,打了个大大的哈欠,然后大剌剌地坐在沙发上抱起电脑,一边抓着旁边的薯片咬了起来。

能不能解释一下,那只猫是怎么回事?

合约里有写不能养宠物吗?小陆还在咔哧咔哧地咬着薯片。

弄走,我示弱,求你了。

别求我,人家是流浪猫,我从动物保护协会把它弄回家的。人家很可怜的,你忍心再把人家抛弃一次吗?小陆说这话的时候,瞪起眼睛,皱起眉头,仿佛小成本电视剧里刚被少爷抛弃自行堕胎的苦命丫鬟。

同时,那只猫也适时地从房间里走出来,在客厅缓缓掠过,忽然发现了我的高跟鞋,于是开始用爪子挠着玩。说真的,就它那体型,我真的没想到它是流浪猫。而且那副大摇大摆恃宠而骄的模样,打死我也不信它是被人抛弃的。

小陆走上去一把抱起它提到我面前,故意摆出一副委屈的模样。你看你看,咪咪它多么可爱。

咪咪?就连名字都很差劲。

小陆把龇牙咧嘴的咪咪放回地上,看着它又开始玩弄我那些可怜的高跟鞋。我冷着脸,坚决地说,不行,我不能和它一起住。小陆瘪嘴,转身从房间里拿出一个大袋子,一把抓起正玩得不亦乐乎的咪咪,把它塞进袋子里。

我认出那是 5 年前把小茶从母亲家运出来的宠物袋。母亲对猫毛过敏，所以要求小茶一定要 24 小时待在袋子里。后来我在外面自己住，便让小茶自由地在家里乱窜，想去哪儿去哪儿，想干吗干吗。我想到了一切可能带给它危险的隐患，把窗户全包了起来，把阳台的栏杆也用木板补起来。只是我没想到，最后杀死小茶的，竟然是我自己。

当我一觉醒来，那个被我抱着入睡的暖暖的小身体，就这么冰冷地被我压在手臂下。甚至在生命的最后关头，它也没有用爪子和牙齿伤害我。

是我，沉溺在黑暗的睡梦里，把它当成了儿时没有生命的玩偶，用全身的重量压死了它。

小陆冷冷地看着我，不顾咪咪发出的抗议，将袋子的拉链"嗞啦"一声拉上。

那你自己还给你妈！她说。

我妈？

今天上午你妈来找你，我骗她说你昨晚通宵拍戏还在睡。这猫是你妈给你的。

我的怒火一下冒起，她明明知道……发现小茶被我压死的那日清晨，我没有任何人可以求助，只好打给母亲。母亲来了，把小茶的尸体带走了。那天她什么也没问，我感激她。

可我真的不懂，为什么她要在这时候送只一模一样的猫给我？难道是拙劣的示好？

对了，你妈还说，你别去找丁姨了，小陆说。

这一瞬间我明白了，这是母亲的真正目的。她不想让我发现丁姨的秘密。

所以，这只猫是她给我的警告吗？

· · · · · · · ·

母亲的新家在市郊，我足足开了一个半小时车才到。

周遭正在兴建新的卫星城市，每一条街道都沉浸在大型基建所制造出来的烟尘、泥泞、噪声中。真不明白她是被哪个地产经纪洗脑，放弃了市区安静巷弄里的老房子，搬来这还没建好的空壳城市里。

难道是因为南岭大学也搬了新校区，她的"理察·基尔"移师这边了吗？女人，真是无论哪个年龄段，都各有各的抽风。

我按手机里存下的地址，绕了七八圈，总算在一堆未建好的楼房中找到了那栋旧民居，和四周那些如巨大森林般的半成品建筑群相比，它破旧寒酸得像一栋被历史强行留下的遗迹。我硬着头皮，钻进昏暗的楼道。

母亲家在顶楼，外墙上竟然还有潮湿造成的巨大霉斑，我越发确定母亲的脑子和这环境一样进了水。紧闭的房门外，放着一束包装精美的黄玫瑰，在破旧的背景中，显得格外突兀。我拿起玫瑰花，只见里面有一张印着"生日快乐"的卡片，但没有署名，旁边还有一封信。我没想太多，迅速撕开信封，发现里面只是一封花店打印出来的道歉信："苏女士，因派遣人员关系，本应上午送到的花束下午才到，实在抱歉，送上50元现金券。"

今天是谁的生日？我知道不是母亲的。

也不是父亲的，更不是我的。

我捡起那束黄玫瑰，用力拍门，但母亲不在家。也就是说，她大概下午前就出了门，所以没有收到这束花。她去了哪里？是去帮谁过生日吗？

一股清晰馥郁的玫瑰香气穿破霉味袭来，我突然想起，丁姨的房间里，总能见到鲜花。

一种不安的感觉从心中涌出。我一把抱起正在发呆的猫，冲下楼梯，冲进车里，一路踩着油门狂飙，完全不理会那只猫在后座吓得鬼哭狼嚎。

这里离望华隧道很近，过了隧道就是西山区，过了桥，山脚下就是博慈之舟康复院。

那栋蓝色楼房在夜色中仿佛一座巨大的远山，阴影中明灭着昏黄灯光。已经过了探视时间，但我不顾前台小姐的阻拦，径直冲上三楼。

丁姨房门口聚集着医生和护士，我放慢脚步，心里涌出不好的预感。

慢慢走到病房前，一眼看见房间里，穿着病号服的丁姨双眼紧闭静静地躺在病床上。房间正中央地面，被打翻的生日蛋糕惨烈地碎散四处，上面红色的果酱让这里看起来就像凶杀案现场。过了很久，我才意识到床上的丁姨并没有死亡或是昏迷，她大概是被打了镇静剂，所以正发出疲惫的呼吸声，透露出刚刚经历过激烈的情绪。

让一让。

熟悉的声音从我身后响起。我回头，看见坐着轮椅的母亲，苏美娟。

母亲见到我，惊讶万分，但很快恢复了镇定。其实我看得出她仍很慌张，因为这样的表情我不是第一次看见……我的心中，一个猜想跃然而出。

她，来探望丁姨是有目的的。每一次探望，就是为了让丁姨更加崩溃，直至滑向越来越黑暗的深渊。

可怕的女人。

我不知道该说什么，母亲却先开了口：不是叫你不要过来这里吗？

她弯腰去收拾地上的蛋糕。阿姨，叫清洁工处理就行了，旁边的医生上前阻拦。她依旧不抬头，只是吃力而徒劳地用薄纸巾擦拭着地面上的奶油和果酱。

别弄了，我说。

她不理会，继续徒手捉起蛋糕碎块。

够了！我对她吼叫。

所有人望着我，就像望着一个气急败坏的疯子。

母亲只是慢慢抬起头。看了我一眼，喊什么？这里是医院。

她回头对医生礼貌地点点头：不好意思，她是我女儿，我今天出来没跟她说，把她急的。我们现在回家，这里麻烦你们了。

礼貌得体，滴水不漏，我心想。

我一把推过她的轮椅，不由分说走向电梯。母亲没说话，也没有表情，像任人鱼肉似的被我推走。

开车门，把她从轮椅送上车，再把轮椅收起来放进后备厢。这一系列熟悉的动作中，她一声不吭。

车灯照亮大门外幽暗的山路，我与母亲在黑暗中相对无言。

自从爸爸过世，我们就像失去了唯一的共同语言。那时候我因为想念爸爸，伤心得每日都哭，她却总是如常地煮饭、上班、看电视剧，我对她那份日常生活的坦然感到愤怒。但我慢慢意识到，母亲的冷漠，与我 10 岁那日的午后，在街角咖啡厅里看到的另一个男人息息相关。

喵。后座发出这样的声音，将我从记忆中拉回现实。

母亲回头望了望后座。

为什么要这么做？我冷冷地问。

母亲一脸讶异地看着我：怎么做？

猫，为什么要在这时候送只猫给我？

我知道小茶死了你很伤心，所以买另一只猫来陪你。

是吗？以前你不是很讨厌小茶？

我不讨厌它，是因为我对猫毛过敏。

你也知道小茶是怎么死的，为什么要弄只一模一样的猫来刺激我？这就是你折磨别人的方法吗？

母亲不说话。

所以，你也打算这么折磨丁姨？我想起刚才丁姨那张疲惫沉睡的脸，控制不住自己，吼了出来。

是不是？

母亲的眼神依旧平静，这是在我无数次情绪最为失控的时候，最憎恨的平静。她用手撩了一下落在耳边的短发，残留红色唇膏的嘴角，在黑暗中显露出难以掩饰的细密皱纹。

你怎么认识丁姨的？她问。平静的语调，仿佛在诉说无关紧要的公事。

你又是怎么认识她的？我反问。

以前做义工的时候认识的。她没有亲人很可怜，我们又是老乡，所以我想照顾她。

什么义工？没听你说起过。

母亲苦笑：那时候你爸去世，我为了疏导情绪就参加了这样的组织，帮助别人的同时，也让自己感觉好过一点。

她在骗人。

我知道她去探望丁姨后丁姨把脸划伤的那夜，父亲根本还没有死。

后来那个慈善组织虽然没有继续运营，但这些年我偶尔会去看看她。没有和你说是怕吓到你，毕竟丁姨的样子有点可怕。

不对，我说，你带我来过那个医院。

母亲一愣。

我对那里有印象，你在我很小的时候带我来过。

她的目光停留在我身上很久，然后把眼神滑开。

我不太记得了，可能是吧。

沉默。我们都在回忆。

母亲继续说，也许那天你不用上学，家里没人照顾你，我就把你带在身边。我有时候也会带你去药房上班，你记得吗？你天天乱翻中药柜。

我没说话。母亲在中药房上班，因此记忆里属于母女的时光总是充斥着浓浓的中药味道，好像从一开始就病入膏肓。

母亲继续挤出笑容，说着仿似温馨的往事。

你有一次翻到"紫河车"，还不停问我那是什么。我怕你害怕，就骗你说是大鸟的肝，你还真的信了。以后我煲鸡汤，你吃到鸡肝的时候，就说自己天天吃"紫河车"，有一次还把我同事吓了一跳……

我在丁姨那里，看到了爸的照片。

母亲不作声。

丁姨和爸之前是不是发生了什么？你去找丁姨，是为了报复？

母亲依旧沉默。

为什么爸爸死了，丁姨疯了，只有你还活得好好的？为什么你总有办法捉住别人的痛处，然后穷追猛打？为什么？你到底想干什么？

啪。

母亲终于翻脸，我脸上火辣辣地灼烧起来。

母亲的巴掌我从小没少吃过，但这次，一股无名之火从胸口燃起，现在的我已经不是小时候那个赢弱的我了，她还想着用以前的方法控制我。我用尽全力踩下油门在公路上飞飙起来。

你干吗！她惊叫。

干吗？我也不知道。风从窗外呼啸而过，一颗心好像还留在原地，身体却被带走了。这感觉像坐过山车，但没有轨道，也没有安全的程式。

母亲大喊停车，我听不到，风声已经大过一切，我讨厌真相，但又必须去探寻。我讨厌所有阴郁的过往，偏偏天生就生存在黑暗里。生而为人，我不曾真正快乐过。

也许支撑着我存活下去的，就是看一看那黑暗中到底有什么。我只是想确认一下，人间有何等不值得，而已。

窗外风驰电掣，灯光闪烁频密，车子胡乱汇入城市中心地带的车水马龙。

母亲没有说话，她死死捉着扶手，一直在用力呼吸。随着呼吸越来越急促，我知道，她的哮喘发作了。

母亲拼命喘气，吃力地从手包里拿出药，对着鼻口处猛吸。我一扭方向盘，朝另一个方向驶去。

去哪儿？母亲恐惧地问我。

医院。

不用去医院，我没事。

我没理她，埋头飙车。

真的不用了！她用尽力气抗议。好了！丁姨在读书时也喜欢过你爸。

我刹住车子，母亲的身体猛然往前一倾。

果然，我的猜测没有错。

这就是你想听到的吗？在你眼中，我就是一个嫉妒心强的女人，对吗？母亲放下药，平稳呼吸，转头问我。

是我爸的初恋情人？我没有理她，继续追问。

不是，母亲抚着胸口，你爸其实根本不算认识她。

我一愣。

其实她在学校里就有点奇怪，整天幻想自己和你爸在一起。这是精神病初期的一种症状。

那为什么要帮她庆祝生日？不对，丁姨是孤儿，你怎么知道她生日是哪天？

我突然想起，18年前，在咖啡厅看见母亲和另一个男人见面的日子就是今天。没错，9月17号，那天是艾里奥斯的比赛日，星期天。我想起来了。

所以，今天到底是为谁庆祝生日？

孤儿院的孤儿也有生日，就是今天，母亲冷冷地说。

我知道她在撒谎，但又无计可施。

先把我送回旧房子吧。最后，母亲虚弱地指了指前面。

熟悉的旧居巷口。

母亲吃力地下车，一步一步缓慢走向家门口。

刚刚下了雨，在夜色中，她的西装长裤下显露出一截小小的白森森的"骨架"，湿漉漉反光的地面映着那截白色，显得更加诡异。

是的，母亲很多年前就装了义肢，她能行走，只是速度很慢。一直以来，我都很害怕那截金属小腿。那表面包着橡胶材质白森森的一截，像剥去了血肉的腿骨，反复提醒着我，随着这条腿一起消失的爸爸。

有时候我想，她少用义肢行走而是选择轮椅，也许不只是因为行动方便，而是为了让自己看起来更像一个弱者，虽然我知道她不是。

你一个人可以？我追了上去。

可以，你走吧。她吹了吹茶几上的灰尘。下次找人来把这些东西扔了，买家年底才收房子，她说。

你把房子卖了？

母亲在黑暗中望着我。是，我是把房子卖了，现在不想和你吵，我刚才被你吓到了，我累了，现在准备睡觉。猫你喜欢就留着，不喜欢就赶走。

走了两步，母亲又停下来。从小到大，我没有干预过你的任何决定，你也不要来干涉我的生活。

说完，母亲一瘸一拐地走进走廊尽头的黑暗里。

猫不知什么时候从袋子里跑了出来，蹲在地上看着我。你走吧，我没好气地看了它一眼。

猫仿佛听懂了，叫了一声，然后转身一溜烟钻进了我的房间。

真狡猾，我只好追了上去。

此时，这个伴随我长大的房间，在黑暗中被杂物堆得乱七八糟，旧物件零散塞在纸箱里，床和衣柜似乎已经被搬走，只剩下那个旧得不能再旧的书桌连书柜组合，上面贴满了一个女孩成长中能贴的所有花哨贴纸。这些对母亲的新家来说毫无意义，因此她选择遗弃，完全没有问过我的意见。

房间的灯泡早就坏了,一直没有修。我只好借着手机的光线在这小小的迷宫里四处搜寻。这里曾是我躲避现实生活的小天地,当它摆着床、书桌、衣柜时,是一个完整的巨大的世界。

小时候,我常常躲在书桌下,独自想象一些虚幻的故事,假装我的娃娃们是活生生的伙伴。和想象中的伙伴们说话、演戏,是童年的我最热衷的娱乐。

我想起了水兵月,自从搬家之后就和她失去了联络,也不知道她现在过得好不好。

在房中搜寻一会儿,终于看到了咪咪。猫的眼睛从暗处到强光环境,瞳孔会迅速锁紧,变成两颗光点。它在书桌下。

当我尝试一把捉住它的颈部时,它灵活一蹿,从书柜背后溜走。狭小的书桌底下,容得下小孩子和猫,却不可能放得下这个29岁的巨大的我。当我艰难地钻到靠墙的那边,往书柜后面窥探时,我看见了一个东西。

灰尘之中,静卧着一个本子。

看上去它遗留在这里许久了。时间的潮水将我推往十多年前,时空的幻象里,那个蜷缩在狭小空间里的女孩,把一切都看在眼里,她把不知道说给谁听的所有幻想和痛苦,都写在了这小本子上。

然后时光将它和她都留在这里,如果不是为了捉猫,我不会发现这本曾经的日记。

也许万事万物的存在的确都有其启示性。当我走出家门,回到车里,看着被雨水冲刷过的夜空时,我想对当年的那个女孩说，现在你已经长大了，就让我来帮你吧。

此时，一张黑白合照，从日记本里掉了出来。

母亲身边，站着一个陌生的男人。

· · · · · ·

要微笑，要表现得体。我这样提醒自己。

对面这个年轻男子，他叫许家杰，职业是警察。此时他穿着剪裁合身的休闲衬衫，颜色沉稳的牛仔裤，短发没有经过发胶塑形，单眼皮让人感觉状态良好。

是很让人舒服的男生，我心想，这要非常感谢陈玥。

我露出最合适的笑容弧度，嘴唇上是最近很热门的秋季唇彩，忘了叫干燥玫瑰还是焦糖玫瑰，据说能提升直男对你的第一印象。果不其然，他眼光闪烁地望着我。

陈玥说你们认识很久了，我说。

我们从小就认识，他笑了笑，从小就是很好的朋友。

朋友？

就是普通聊得来的朋友，他忙解释。

我点点头：陈玥挺热心的，今天还临时放鸽子，我看她就是故意的。

我们相视一笑。

你要是觉得尴尬，咱们交换个微信就好，也算是给她交个差，我这样说。

在演员圈内，陈玥算是我比较熟的一个，我们有几部戏同组,下了戏至今还偶尔在网上联系。大概她是看我这边戏也没接,也没男友,因此安排了这次见面,自己还特别懂事地没出现,给我们时间单独相处。我当然不会怪她,有人能为你着想,用她的方式关心一下你,已经很值得感谢了。

说起来,我都快忘了陈玥的样子。

不是这样的,其实……许家杰吞吞吐吐,其实是我很想认识你,所以我主动要她把你介绍给我。

这还真让我有些意外,看他的样子,不像那种会主动认识女生的人,所以当他那么直接地说出这样的话时,我有些惊讶。

是这样啊,那我们就一边吃饭一边聊聊天吧。我只能见招拆招。

好啊,他爽朗地说。

他点了烤牛肉定食,帮我点了当季寿司套餐,看起来他是做过功课,知道我喜欢吃生食。寿司上来的时候我是真的很开心,好像很久没有好好地在餐厅里吃一顿了,尤其是这种新鲜的食物。生食能唤起人最原始的食欲和生命力,我将吞拿鱼寿司整个放进嘴里。

我喜欢赤身的吞拿鱼,尤其是高级餐厅里那种血色素充沛的红色肉质,有着一种微酸的新鲜血腥味,对我来说非常治愈。

你很饿啊,他笑着看着我。我不好意思地笑笑。

其实我也很爱吃寿司,但是肠胃不太好。

他用手指了指我的下巴,指尖似有若无地触碰到我的嘴唇边缘。

你下巴和嘴边的皮肤很光滑，说明体内毒素少，你又不是吃素的，所以应该肠胃消化功能很好，他半认真半开玩笑地说。

你们做警察的，都很爱观察别人？

我其实是坐办公室的，我管资料系统。

啊？我故意装出失望的样子，还以为是那种破案啊、侦探啊什么的呢。

我小时候也想过做刑警，但后来家里出了点事，就觉得还是要安全，所以考进系统里，安安稳稳地做个米虫，很厌吧。

也不是米虫啦，资料管理也很重要啊！捉通缉犯都要靠你们。

他笑了笑，也不完全是通缉犯，其实每一个人的资料我们都能看到。

每一个人？

每一个人都记录在案，要经常维护系统，所以我们的工作量其实也挺大。

他看了我一眼。

不过你别误会，我绝对没有偷偷看过你的资料。

我点点头，没有说话。

大概是为了缓解紧张的气氛，他问我，你养了宠物？

我一愣，是啊。

他指了指我的肩膀，上面沾着几缕猫毛。

猫？

是。

养多久了？他倒是来了兴趣。

两天……

猫好，安安静静不烦人。

你呢？

我？我也挺安静的，他说。

不是，我问你有没有养宠物。

他又笑出了白白的牙齿，我养了一只龟，很多年。

我们都沉默了一会儿，因为实在不知道怎么继续话题。对了，他说，你知道阿基里斯和乌龟吗？

我摇摇头。

古希腊有个哲学家提出一个理论，说如果阿基里斯在乌龟后面1000米处开始跑步，阿基里斯的速度是乌龟的10倍，那么理论上，比赛开始之后，阿基里斯和乌龟之间存在着越来越小却不会消失的距离，所以结论是阿基里斯永远追不上乌龟。

我艰难地尝试理解他说的话。其实我从小就有点读写障碍，因此当他抛出这样一段典故，我真的需要花点时间去消化。

北野武也拍过这样一部电影，他没有注意到我的神情，继续谈论着。当时我看完这部电影，就找来这个理论的解释，然后就越来越觉得乌龟这种动物很神奇。对了，你梦见过你的猫吗？

两天呢，还没熟。我笑笑，但其实我常常梦见小茶，以各种各样的姿态死去的小茶。

许家杰却好像打开了话匣子，继续说着他的龟：我经常梦见它和我说话，它的声音有时是男有时是女，变来变去，所以我怀疑，其实当初那只龟早就死了，我妈一直偷偷买新的龟来假装它。

所以即使追上了,说不定那也已经不是原本的龟了吧?我说。

他笑着点点头。

你应该去看看那部电影,很有意思,而且你长得有点像里面一个女演员。

嗯,好。

电影里面,北野武的妻子真的很好。

说来听听。

北野武演的角色从小想当画家,可惜一直都当不成。但他的妻子还一直陪着他去追一个不可能实现的梦,就像阿基里斯永远追不上乌龟一样。

就这样?

对啊,整部电影就是这样一个故事,一个人永远追不上那只叫作梦想的乌龟。但感人的就是,总有一个人,在阿基里斯身边陪着他跑,即使永远也跑不到终点。

很真实啊。这么说来,北野武看起来凶凶的,其实也是很浪漫嘛,我说。

你做演员的,应该多看看电影,什么电影都要看看。

我羞愧地低下头。一直以来,我把自己的职业当成一种情绪宣泄的出口,也许真的没有认真追求过什么目标。

对不起,我是很糟糕的演员。

不不不,你很漂亮,长发很漂亮,他连忙尴尬地摆手。

我笑笑,多谢他的好意。

你，有没有结婚的打算？他突然问。

……小时候父母关系不太好，但也不代表一定不结婚，随缘吧。

大家都是随缘，他说。

其实随缘就是不肯努力，就像河里的鱼一样，想着逆流张开嘴就有食物直接进到胃里一样。

他点头同意。

走出餐厅时天气很好，秋天来了，气温变得怡人，阳光柔软地洒下来，加上肚子里满满的寿司，这一切很令人满足。

接下来要去哪儿？我送你。

我想去海边。

不知怎的，我说出这样的话。

我下午也没事，可以带你去，他在阳光下对我笑笑。

很久没有坐上男人开的车，我看着身边的许家杰，不由自主地想起老方。

很久没有联络老方了，以前把他当成神，现在突然回头一看，神也不过是庙里的神像，你不去拜它，它就永远待在那里，不会有什么神迹。女人总会忍不住在心里将此时的男人和曾经的男人对比，这或许源于生殖优化的本能。

可惜我不配拥有这种本能。

现在身边的这个男人，干净、有趣、有礼貌，但我相信人性不会是它呈现出的第一面。那个显相的自我，那个迫不及待要表现的自我，和真正的内心相比，不可能没有区别。

我曾对别人深深失望过，对自己的失望却更深。

市郊海滩，这是我从没有来过的新开发的地方。这里的酒吧街尚未被碎酒瓶、消夜档污染，尚且算高雅干净。

当夕阳如布景一般将我们笼罩，我很感谢许家杰，带给我这样一个尚算绮丽的幻梦。但不知为何，我也从他那被残阳染成琥珀色的眼睛里，看到了某种通透，都是梦里人的那种明白。我只好避开了他的眼神。

然后不经意间回头，用伪装好的态度展开笑颜，刚刚在洗手间迅速涂上的口红在夕阳下十分明媚，我确认这一切都被他的目光捕捉到。

果然，他的眼神变了。也许是光线变暗，那琥珀色的通透变成了我熟悉的男人打量女人的眼光。这目光我在片场和社交场合见过无数次，它告诉我，我回到了熟悉的战场。

海边的酒吧里气氛很好，客人密度恰到好处，灯光昏暗程度也十分合宜。现在我几乎可以确认他选择这片海滩是早有打算的，这猜测让我对他有种高估了的感觉。下午在沙滩上那片刻的迟疑看来是多虑了。他不过也是寂寞，寂寞的人都是很容易被捕获的，像河流里逆流张开嘴的鱼。

我一口咬下竹签上的烤贝肉，借着鲜味涌现，举起手示意服务生再来一杯。其实我不会喝酒，一杯红酒就能让我脸红，两杯我就能立马醉倒，所以不用装醉。

今天心情那么好？

也可能是心情不好呢。我撑起下巴，望向另一边——此时不必说话。

他看着我，饶有兴味。

灯光更添暧昧，我知道"戏肉"来了，因此抖擞精神，和酒精一起，把台词说得绘声绘色。其实也不用台词，我举起酒杯，轻轻碰了他的杯子一下。

看着我嘛，我说。

嗯？

Cheers 一定要看着对方，不然会走霉运的。

于是他也看着我。四目相对确实非常增进感情，我适时放开眼神，将杯中的酒一饮而尽。

不是说不能喝？

你得送我回家，我撒娇。

我要是喝了酒也不能开车啊，许家杰苦笑。

那你不许喝，就看着我喝。我拿过他刚刚喝过的杯子，双唇含上杯口，一口饮下小半杯红色液体，留下杯口那一抹艳红唇膏。

这样一点点没事的，我笑着把酒杯还给他。

他有些紧张，看得出来。我故意侧过脸，身体随着酒吧的 live 音乐轻轻摆动，自顾自地扭动着腰肢。果然，他终于拿起酒杯，饮下我喝过的红酒。

我等待酒精开始在身体里发挥作用。

在回程中我尽力让自己不要睡着，发酒疯或是呼呼大睡都不是应该有的捕猎态度——当然太过刻意地借醉卖骚也不行。我只是偷偷看他，在他注意到我在看他时，迅速展露一个慵懒的笑。脸是红红的，脖子也是，发丝也散发出酒精的气味，在车厢密闭的空间里，显得馥郁而膨胀。

车停了，我知道到家了，也知道是时候了。

许家杰下车要帮我开车门时，我拉住他的手，凑上去，吻住了他的嘴唇。

从家到酒店，从酒店大堂到房间，一切在沉默中进行。他过于清醒的态度让我有些紧张。

但，我很快平静了下来。进了房间，他在黑暗中迅速而准确地摸到我的身体。我们一声不吭，只有用力克制的喘息声，像勤劳而节俭的苦力工人，仿佛把自己多日以来积攒的对这个世界的失望，借此发泄出来。我们对待对方和自己身体的粗暴，让彼此都有些惊讶，他所表现出的奋不顾身，甚至令我感觉不安。

那是一种非常熟悉的感觉，好像这具身体，曾与我相拥过。

醒来的时候已经是早晨，酒精还残留在大脑深处。许家杰仍在睡，也仍拉着我的手。

愣了一秒，心里也不禁觉得好笑，为这露水情缘的一瞬清纯。起身穿上衣物，在浴室里迅速洗了把脸，镜子里的女人看起来很糟糕，宿醉之后浮肿不堪，我扭开凉水，用力冲洗脸和身体。

我对自己从来不手下留情，消肿就是要大力搓揉，那些女明星示范的，用点儿水轻轻一拍一敷能消水肿？鬼信。

走出浴室时我看清楚了躺在床上的许家杰，他看起来还没醒，看来昨晚是累坏了，睡姿是拘谨的，很明白自己在外面床上的那种礼貌——只占一半，不跨中线。

这个年轻男子身体健壮，筋骨活跃，皮肤被太阳晒成微棕色，嘴唇是饱满丰厚的，下颚线条可以说非常性感。我坐在化妆凳上仔细端详他，像端详一只猎物。

他终是在我的注视下醒了，辨认了一秒我的脸，随即展开早晨第一个微笑。我的身体向他依偎，一个柔软的吻落在他的颈部。他有一瞬间的退缩——一夜情结束的男人，总会犹豫一下自己该不该把第二日清晨的戏演完整。

不等他细想，我凑上去吻住他的嘴。白日的光线让一切变得更加明目张胆。我把他推倒，骑在他身上。内心深处一直被压抑着的掌控欲像黑色暴雨铺天盖地而来，和老方在一起时，他总是决定一切，而现在，我要做主导。

我趴在他身上，两人的汗水融在一起，将我们的皮肤黏合重塑。最后动也不想动，只想留住这心台清明的一刻，感觉永远如梦似幻。

就在他平复喘息的时候，我看着天花板，开了口，能不能帮我一个忙？

什么？他仍在恍惚中。

能不能帮我找一个人？我爬到他的耳边，用方才舔舐过他身体的唇舌轻声说。

那个人叫赵弈，1989年就读广陵卫生学校，这我会发到你手机上。

他总算明白了我的诉求，惊愕地望着我。

对你来说应该不难吧？

谢谢宝贝，我说。我又覆上了他的嘴唇。

· · · · · · · ·

那一年夏天，特别热。

1989年9月，是赵弈在广陵卫生学校的最后一个学期，他决定退学。

整个学年的津贴，除了给家用，剩下的他省下来买了台海鸥相机。而这一切对他的同班同学苏美娟来说意义重大，因为在放假前的最后一个周末，赵弈约了她去市区的杨柳河公园。

苏美娟隐隐知道赵弈为什么要退学，但又无法理解。他们卫校是国家包分配工作的，只要顺利毕业就等于有了一辈子的铁饭碗，这对很多人来说非常有吸引力。赵弈只剩一年就毕业，毕业后就有了一份稳定的工资帮补家庭。苏美娟实在想不通，赵弈为什么要在这个时候选择退学。

难道有什么难言之隐？她心底有种说不清道不明的失落，又不敢想太多。一直以来，因为母亲是学校的老师，苏美娟一直扮演着品学兼优的好学生。只有和赵弈同班上课时，她的心底才会涌起一阵酸楚的喜悦，至于这喜悦为何夹杂着酸楚，她说不上来。

果然，那日她特意穿了条连身裙，涂了露华浓的口红，早早来到杨柳河公园，便发现赵弈也叫了好几个同学，其中，就包括"她"。

她记得"她"好像叫丁思辰,虽然她们不是同一个专业,但有些集体课也会一起上。苏美娟记得她,总是一副胆怯的样子,自己一个人坐在教室一角,大大的眼睛仿佛看着空茫,只有当专心听课时,才有了些机械般的专注。

苏美娟感受到,赵弈对丁思辰,似乎和其他人不同。

那日,丁思辰空茫的大眼睛里,仿佛注入了什么闪亮的东西。苏美娟早有准备,从大篮子里拿出野餐布、杯子,铺好放在草地上,就像外国电影里一样。

而其他几个同学也纷纷拿出带来的食物,自家卤的香干鸭掌,有的甚至带了啤酒。而那个检验专业的叫作辜清礼的男生,只拿出了几根煮熟的玉米,被同学们嘲笑了一番。

丁思辰却说自己喜欢吃玉米,大口大口地啃起来。

当苏美娟把一盒"富林娜"奶油蛋糕打开放在同学们面前时,它立刻被一抢而空。大家都眼尖,知道这是最贵的好东西。苏美娟不好意思说,她买这蛋糕,是为了给赵弈提前庆祝生日,但,来不及买蜡烛,什么也来不及,蛋糕就这样被一抢而光。

苏美娟只好在心里为赵弈许了个愿,祝他幸福,长命百岁。她不了解他,所以也只能许这样俗气的愿。

就在苏美娟从少女心事中清醒过来时,她发现有一个人在偷偷看着自己。

是辜清礼,他有些尴尬地站在一旁,没有吃东西,也没有加入同学们激烈的欢声笑语中。当注意到苏美娟看着自己时,他迅速把目光移开。

苏美娟走上前,递上一块蛋糕。

辜清礼忙摆手:不用,我不太吃奶油。

尝尝吧,这个奶油很有牛奶味,很好吃的,人人都有的。苏美娟和善地笑了笑。

辜清礼只好接过吃了起来。看得出来,他不太习惯吃西式糕点,吃得满嘴满手都是,狼狈不已。

苏美娟觉得这个男生挺有趣,她早已听说过他——拿了全额津贴入学的农村孩子,家境不好,父亲瘫痪,家里欠了债。现在全家的希望就是他快快毕业,在城市里有份好工作。

她并不喜欢那些同学对辜清礼的态度,表面的友好之下,总是透露出若有若无的嘲笑。他的衣服破旧,性格孤僻,眼镜也一直是破的,但谁能决定自己的出身?谁又能断定穷人家的小孩不能成功呢?

苏美娟对他友好地笑了笑,递上一块手帕。这一刻她没有别的意思,手帕也不是自己常用的那块,是新买的,就当送给他吧。

辜清礼迟疑了一下,默默接过手帕抹抹嘴上的奶油。

此时,赵弈召唤大家拍照。他专门借来了三脚架,调好光圈快门,于是所有人都打闹着站好,不自觉地把苏美娟围在最中间。

赵弈匆匆走进画面中,大家都起哄地让出了苏美娟旁边的位置。赵弈自然地站在了她的身边,她的心扑通直跳,像失控的快门。

生日快乐,苏美娟小声而迅速地说。

快门却同时按下,也不知道他听到了没有?

苏美娟用余光瞥到,赵弈偷偷地望了身后一眼。他的身后,正站着丁思辰。

很多年后当苏美娟再次看到这张照片时,她意识到,这一切都是最后一次。在那个青春的定格里,所有的人都暂时安全。

直到赵弈失踪前,苏美娟都一直没有勇气去问他,他有没有一点点喜欢过自己。甚至,所有能够回忆起他的证据,也只剩下这一张合影。

后来也不知道怎么,连合影都不见了。苏美娟翻遍家中的东西怎样也找不到。她想,许是和赵弈的缘分,真的尽了。

. . . .

小时候的我从母亲的相册中偷拿出这张合照,夹进日记本里,完全是因为照片里的爸爸。

我的爸爸辜清礼。

照片里的他是我陌生的样子,特别消瘦、腼腆,只有眼镜下斯文的眉目仍是我记忆中的模样。爸爸走了很多年之后,我渐渐只记得照片里那个 20 岁的他。

可是为什么,照片中的爸爸显得那样不安别扭,仿佛自己不应该存在在那里?我以为那是父亲和母亲爱情的记录,直到现在我才意识到,在他们两人之间,其实一早就横亘着另外两个人。

丁姨和赵弈。

丁姨疯了,赵弈失踪。父亲和母亲两人步入婚姻殿堂。

然后父亲死了。

当年的四个人，最后只剩下母亲一个"幸存者"。

为什么只有她？我脑海中浮现出她从轮椅上站起来，用义肢奋力行走的姿态。那钢筋制成，毫不掩饰赤裸骨架的小腿，像宣示胜利一般，告诉我，只有她才能从那一场风暴中抽身而出。

见到许家杰和几个同事从大门走出来，我赶忙看了一眼车内后视镜。

镜中的女子妆容整齐，红唇没有褪色，很好。我拉了拉短裙，走出车子。

许家杰看见我时愣住了，我对他温柔地笑笑：我们去吃饭吧，今天我请你。在他同事们止不住打量的眼神中，将他拉上车子绝尘而去。

选了一间风评甚好的潮州菜馆，在那里可以吃到卤至入味软嫩的鹅头，炸到酥脆的白饭鱼，豆豉爆炒花甲配冰镇啤酒，我知道南方的男人喜欢这些。

暮色烟火气中，我把炒蟹的钳子剥好递到他面前，帮他的杯子里续上新开的冰啤酒后，轻描淡写地问，对了，拜托你查的人，怎么样了？

哦，那个人，他放下啤酒，很多年前就失踪了。

失踪？

找不到他的资料，我查了广陵卫生学校的相关文件，查到有个名叫赵弈的学生在读书时失踪了，他妈妈来学校门口蹲过一个学期，逢人就问她儿子去了哪儿，但结果还是没找到……

啊，我轻微尖叫一声，锋利的蟹壳把手指扎出一个口子，一缕血液迅速涌了出来。

没事吧？许家杰拿出纸巾帮我止血，用嘴在我的伤口上吹了吹。在那个瞬间，我有点恍惚，这场面似曾相识。

一直没找到吗？我追问。他一边帮我贴止血贴，一边摇摇头。

年代久远，系统未必收录，可能要去查一下县里的资料，他说。

拜托了，我凑了上去，他显得很不自然，但我还是吻了他。

一个小时后，我们又纠缠在床上。熟悉的汗水味道，撕扯、舔舐，像对待最亲密的敌人，最后他紧紧握着我贴了止血贴的手，瘫软在我的身边。

积累了太多激烈的内心活动，也只有在这个时候，感觉到彼此是同类。

为什么要找那个人？他的手臂揽着我，突然问。语气平淡得就像一对老夫老妻在完事后谈起孩子的期末考试成绩。

那个人，可能是我妈喜欢的人，我说。

就这样？

对我来说很重要，小时候撞见过我妈和其他男人见面，我一直在想那人是谁。

那为什么现在才调查？

有些事情长大之后回想起来才开始觉得不对劲。

他沉默，似乎无法理解。

我不是那种向前看的人，我故步自封，只有理清楚了内部，才敢继续向前走。我这种人,大概就是跟不上时代脚步的人吧,我说。

他将我揽紧。

其实你妈一个人养大你已经很辛苦了。

我一愣。

许多画面涌上心头。

而最后,出现在脑海里的还是夹在我年少时日记本里的那张黑白照片。照片里,年轻的爸妈站在人群两边,而妈妈的身边,就是那个叫作赵弈的男人。

妈妈笑得很甜。

我的心一阵又一阵酸楚。

这晚许家杰没有留下来过夜,他第二天要早回单位,我们像对情侣一样在门口亲吻分别。

他走以后,我才发现小陆今晚不在家,茶几上留着张纸片,她要回去加班,千叮万嘱要我记得喂咪咪吃饭。

小茶,我叫它。它抬起头看着我,昏暗的灯光下,仿佛就是那个被我在睡梦中杀死的小茶,我把它抱入怀中。

再也没有谁那样温柔地对待我了,我想,唯一的一个你,却被我亲手杀死。

我哭了起来,哭是因为发现自己又一次陷入美梦,现在梦醒了。

许家杰。

有那么一瞬间我以为我们是可以互相安慰的同类。有那么一瞬间我以为自己彻底投入了,这差点让我忘记了危险。

我从来,从来没有和他说过我爸的事,也没有和陈玥或是任何人说过。

他是怎么知道的?怎么知道母亲一个人把我养大?

他调查过我。

这是唯一的解释。

我知道这对他来说是举手之劳,这让我非常非常不安。他就像知道我设下的所有陷阱一样,一步一步走进所有圈套。说不定从一开始,猎人和猎物的位置就已经调换。

我抱紧了怀中的猫,这却让它惊慌,挣扎着逃出了我的怀抱。

我下定决心,要做两件事,一是远离许家杰,二是要弄清楚这个失踪的赵弈,说不定他没有消失,只是换了一种身份生活在某处,某个暗处。

若"他"想要再出现,染指我的生活,我决不允许。

. . . .

手机再次响起,又是许家杰,我不打算接听。好在他也没做来楼下堵我这类疯狂的事情,于是这几日我索性待在家中,哪里也不去。

喂!

房门被打开,探进来一个留着乱七八糟短发的脑袋,是小陆。

你怎么还没搬走?我被她吓了一跳。

干吗不接电话?一大早很吵!小陆瞪着我,你一整晚都没睡?

我才发现窗外透出幽蓝晨光,天已经亮了。咪咪一扭腰从门缝里钻了进来,和小陆一起眼圆圆地看着我。

不许进我房间!我对着咪咪大叫。

咪咪吓了一跳,象征性地退后了一步,但仗着旁边就是小陆的脚,索性优哉游哉地坐下来看着我。

这样一人一猫,我到底是怎么把他们引进家里来的?我懊恼地想。

是谁那么早打电话给你?小陆八卦地问。

我懒得回应。

是男人吧?行啊,厉害了你,都知道约炮了,小陆愤愤。

你要是受不了我带男人回来,就搬走好了,押金退你。

我不缺那点押金!就是想问你到底想怎样?都已经在房间窝好几天了,你知道你房间现在闻起来像什么吗?

没怎么啊,我每天都有洗头洗澡!我申辩。

所以闻起来像桑拿中心!还是没有排风扇的那种!

我知道啊,女演员不红就是没戏拍嘛。我瘫倒在床上耍无赖。

小陆冲进房间,不由分说拿起我的手机,一把捉过我的手。

干吗?

她捉起我的大拇指给手机屏幕解了锁,点开微信,迅速而精准地找到我亲爱的经纪人发来的若干条信息。

"24号云海酒店试戏,请穿舒适衣物。""25号古装剧见郑导,记得化妆。""27号蓝天假日酒店11楼试戏,淡妆,能来就来。"

小陆扬着手机一脸凶巴巴：这不是工作？这不是工作是什么？

这只是试镜，选不选得上还不一定呢，而且好点的角色早被老板的女朋友们瓜分了，哪轮得到我？

你不去试戏老板怎么认识你？

别吵啦，我要睡觉啦。我用枕头盖着头。

小陆一把把枕头扯开，起来，给我化妆！

化什么妆？

上班前我陪你去蓝天假日！

哈？

今天是 27 号，我陪你试镜然后再去上班！

小陆不由分说把我从床上拉起来，推我进卫生间，扭开热水器，挤好牙膏。

给我洗澡！你看你头发油成什么样！

我叹了口气，把身上的大号 T 恤脱了下来，上身赤裸地对着小陆。

你干吗？！小陆惊恐不已。

洗澡啊，干吗？

那你洗……小陆满脸通红，受惊小猫一般窜逃离开，把门重重关上。

我转身，正正看到镜子里的自己，腰还是那个腰，胸也还是那个胸，但是脸，是真的不能看，又肿又干又黄。还好，很快热水的蒸汽就模糊了镜子。

梳妆台前,小陆像个老鸨一样指导我化妆,"黑眼圈给我用力遮""眼线画利落一点""阴影!把脸打瘦一点""口红一定要有,不然人家以为你贫血"……

到了换衣服环节,她又一副发廊老师的样子,评头论足,指指点点,最后拾掇出镜子里一位勉强能去特殊场所上班的艳女。小陆满意地上下打量我:很好,一点也看不出来昨晚没睡觉。

我打了个大大的哈欠。

好了,出发。

出发?现在才7点半!

先去吃个早餐,工欲善其事必先饱其肚。

小陆在附近小吃街熟门熟路地左转右绕,最后带我走进一家肠粉店。

老板!两个肠粉,加猪肉加蛋,多葱花。两杯热豆浆,一份浇头面,多酸豆角!

小陆脆生生的声音让我感觉自己是送女儿去上中学的妈妈,但渐渐感觉到路人的目光,我忙往下拉拉短裙,又拨头发遮住侧脸,低头看手机。小陆回头看我,露出一副色眯眯又满意又骄傲的表情。

热腾腾的肠粉上桌,我们呼哧呼哧地开吃。现蒸广东肠粉真是这世界上最好的早餐啊,早起原来也挺美好。猪肉的鲜味,葱的辛辣,是生命的味道。每个生命都有一种味道,而我的味道,大概是疲惫却还不舍得腐败的那种淡淡酸味吧。

开车驶往蓝天假日酒店,那是个经常有剧组进驻的窝点,我不是第一次去。刚入行那两年,不在剧组的日子我几乎天天往那附近跑,一见到有新剧组入住就在门口问有没有角色,但酒店对出入管理很严,晃悠得久了,就会被酒店工作人员赶出去。

我就是在那时候认识了现在的经纪人岑佩琪,她把我从酒店对面的街上"捡起来",约我到酒店里面的西餐厅。我告诉她我在读书,因为毕不了业所以跑来找工作。她告诉我她就是HR,演艺界的HR,然后请我吃了一顿400多块的牛排,我想也没想就和她签约了。

现在,小陆站在我身后,一把拿过我的包,俨然一个遇神杀神的助理。酒店工作人员疑惑地看了看我,竟然就帮我拍了电梯卡上到面试楼层。我想,可能我今天的打扮,真的有点唬人吧。

可心里还是虚的,站在电梯里,我的背僵直,镜子里倒映出那张脂粉浓厚的脸。我努力笑了笑,正遇上背后小陆的愁眉苦脸。

姐,她说,你的包里装了什么,好重……

你叫我什么?

姐啊,我看电视剧里助理都是这样叫的。

话音未落,电梯门就打开了,我被小陆推出电梯。

0927号房,应该是这里。小陆二话不说,大力敲起房门。房间里传出浓浓的包子豆浆味,一个睡眼惺忪的拖鞋男开了门。

你好,我们是岑佩琪小姐岑姐的艺人,我们是来面试的,小陆精神爽利地说。

岑姐?你是……?那男人很明显还没完全睡醒。

岑姐约我们 8 点半来的，现在是不是可以见到导演？小陆胡诌起来真是眼睛都不眨一下。

导演还在睡觉……

不会吧，明明约了我们 8 点半的，可不可以叫一下导演？我家艺人等一下还要赶飞机去宣传通告的。

拖鞋男挠着头想了半天。

那请先坐一下，我去叫导演……他疑惑地出了门。

小陆大大咧咧地环视四周，打量着墙上歪歪扭扭的定妆照。

这是个古装剧，你行不行？

我演丫鬟很有经验，我冷冷地说。

不一会儿，拖鞋男拉着另一个更加衣衫不整的男人出现了，大概是刚从床上把他拉起来的。

这位是沈导。

我定睛一看，还好是个年轻导演，估计搞不清楚状况，才会被乖乖拉过来。

沈导好，我是辜心洁。

我们是岑姐的艺人，小陆补充。

辜心洁……那沈导似乎在努力回忆。他看着拖鞋男，似乎想要他再多提示一点。

最近那部《鸿雁飞过》里，我们家心洁很出彩呢，她死的时候很多人都跟着哭，可感人了，可催泪了，小陆一副老鸨嘴脸。

对对对，就是那个，我说怎么那么眼熟？演技不多，哭戏很出色。拖鞋男顺势说了几句废话，其实我相信他根本没看过。

沈导摸了摸毫无秩序可言的乱发,看了看我,又看了看墙壁,坐下来叹了两口气,又站起来看看墙壁。

我知道这种时候只要保持僵硬的微笑就行了,过多的自我介绍只会打乱这位艺术家的思维。

既然是岑姐的艺人,那就演个女杀手吧。最后沈导挤出这句话。

送小陆去博慈之舟上班的路上,她一脸不忿地给我递上一瓶水。

什么嘛,讲半天女杀手才三集戏份?而且还要蒙着脸,什么鬼!你当时干吗拦着我,现场不能要求改角色?

很天真了吧?每个人一走进那个房间,就被定好了你是来演戏的,还是来陪跑的。真正有戏份的角色,根本不用踏进那房间。我口渴无比,这才放下水瓶。

那你说我们是不是去对了!你要是不争取,连这个女杀手都没有!小陆斩钉截铁。

我耸了耸肩。

当初进演艺圈,不就是为了红吗?就算不红,那也不能发霉啊。人就一口气,提不上来就掉下去,一呼一吸,张弛有度,你休息那么久,也该再发光发热了,小陆苦口婆心。

社工真啰唆,我自言自语。

我跟你说,我们客户也有好几个做你们这行的。有个歌手,一直不红,就得病了,总觉得有人在网上黑他,其实根本没人关注他。还有个女生,明明很幸福,却天天闹着要自杀……

你说的不是我，我不需要人关注，就是要演戏而已，我说。

小陆盯着我许久：为什么一定要做演员呢？

你也跟我妈一样，要我转行？

不是，就是想知道，小陆认真地说。

我叹了口气。

大三那年暑假，为了完成学校的社团学分，进了戏剧社，被选成演员，然后就开始了什么暑期戏剧训练。你知道吗？我以前从来没有哭过，至少当着别人的面没有，但那一次，我被导演关在桌子底下，叫我想清楚角色和她母亲的关系，我突然就开始大哭起来，一直哭一直哭，没人来叫我停。可是哭完之后，我觉得好舒服，好像便秘了很多年突然就畅通了。

小陆皱着眉头点点头：明白。

后来大四那年有个不知道什么公司的演员训练班来我们戏剧社选艺人，选中了我。反正毕业了也是找一份工作，不如现在就开始工作吧。

所以大学没毕业？

毕了业也不知道干什么啊。

你这样很冲动嘛。

所以我现在没出息啊。

小陆不作声，许久她转过头看着我：不许你这么说自己。

她的语气严厉而认真：你能做自己想做的事情，还能养活自己，哪里算没出息？你知道吗？我刚刚说的那个不停想要自杀的女生，是我最好的朋友。

我一愣。

是我小时候最好的朋友，所以她每一次自杀，我都痛一次，你能明白吗？

我转头，第一次看见小陆那闪动着泪光的眸子，眼泪像钻石，让人有想要珍藏起来的冲动。

她还好吗？

不好，自杀了十多次。有一次，她吃了半瓶安眠药……小陆说。

死了？

没有，不过醒来的时候，她什么也不记得了，连家人、连我也不记得了……

我不敢转头去看小陆，怕看见那钻石掉下来，我的心会痛。储物箱里有纸巾，最后我只能这样说。

不知道为什么，我想起小陆第一次搬进来，扛着钢琴对每个邻居打招呼的开朗样子。她的开朗，总让我有种不真实的感觉，仿佛上天看到了我的黑暗，故意要派个天使来我身边一样。如果我相信宗教，可能这就是所谓的神迹吧。

我把车子停在路边，转头看她那稚气的脸。她的脸和眼睛红红的，挂着一种我从未见过的神态。这个开朗少女，治愈别人的社工小姐，现在像一个伤心的小朋友。

我摸了摸她的头，然后就后悔了，因为她的眼睛越来越红，更多的钻石从眼睛里滚落下来，消失不见。它们去了哪里？我想把它们都找回来。

我拉过她,把那小小的身体抱在怀里。她的短发软软的,像一只毛发蓬松的小猫。很多失去的记忆在这一刻涌上心头,紧握在手里的,是这一颗小小的心脏。我只能小心翼翼,不敢再损害半分,我只能放轻所有的手脚,将一切坚硬的刺收回身体。

我想接近那柔软,即使那刺会伤了自己,也不想伤了她。

不知过了多久,小陆从我怀里挣脱出来。

快走快走!她手忙脚乱地擦着流出来的鼻涕,而我一脸黑线地望着我裙子前胸一片清晰通透的水渍,这是我衣柜里少数几条拿得出手的连衣裙。

快点呀!迟到了!小陆在座位上张牙舞爪。

窗外景物飞速移动,我突然开始觉得眼皮越来越重……

· · · · · · · ·

世界一片空白。

猛然睁开眼睛,发现自己身处阳光通透的房间,一个看起来像是病房的空间。

在恢复手脚知觉的刹那,我立马跳下床冲到窗边,拉开白色窗帘,看见外面绿影婆娑,顿时松了口气,我还在这世界。

不知从什么时候开始,每一天一睁眼,我都会害怕"风暴"曾来临而我不自知,害怕这世界在某个清晨突然变成黑白色。好在,现在没有。

在窗前抱着头。为什么总感觉忘记了什么重要的事情?今天是什么日子?我努力搜索一片混沌的脑袋,而眼前只有色彩艳丽得过分的阳光和树影。

醒了?身后传来声音。

回头看到一个穿着白大褂的女人,回想了一下,是我见过一次的高医生。于是我意识到,这里不是病房,是她的会面室。

挂着职业化笑容的脸。高医生照旧在我面前放了杯水。

是昨晚没休息好吗?她柔声问。

我恍惚地看了看窗外,现在几点?

下午三点。

我扶着自己的脑袋坐回床上,由内到外地疲惫。

不舒服?高医生眼镜背后的眼睛,敏锐如蛇芯,观察着我。

总觉得好像忘了些什么,我如实回答。

这感觉从什么时候开始的?

昨晚……现在是几号?

27号,星期四。

我仔细回想了一下。是的,是昨晚。

昨晚睡得不好?

好像没睡。

有时候睡眠不足会导致记忆力暂时变差,不用紧张,慢慢来,会记起来的。

我站起来,在桌子上找到我的手机,看见上面有好几个未接来电,来自我的经纪人岑姐。我皱皱眉,懒得回拨。她应该是质问我上午自己跑去试镜的事,但这事她管不着,认识了小陆以后,我明白了凡事要靠自己。要等她给我接工作,我还不得饿死。

我一口气喝光了高医生递给我的水。

医生,能再帮我开点安眠的吗?

高医生看了我一眼,没说话。

谁打电话来?

经纪人啊。

岑姐?

这又是小陆跟你说的吧?我问高医生。

高医生只是笑笑:能和我说说为什么要开安眠药吗?

我就是想一闭眼就能睡着,睡不着太难受了,我头好痛。

高医生微笑着坐下来:可我听说,你半夜一个人坐在海堤上……有这回事吗?

我扬了扬电话:那是以前,现在不会了,你知道我是演员,我现在有个工作了。你看,我就是想睡好一点,这样整个人也漂亮点,真的。

高医生想了想。

这样吧,我每次给你开一个星期的分量,如果你还需要,就得每个星期过来找我,这样可以吗?

当然!谢谢!

走出高医生的房间,我知道我要去哪里。

一只手搭在了我的肩膀上。

我回头,霎时见到了那张沟壑重重的脸。丁姨终于还是看到了我。

当时的我,把自己藏在楼下院中的一根栏杆后面,但丁姨的目光仿佛自带着某种磁场，总是能找到我藏身的位置。

我想起了她的名字，丁思辰。

曾经如花似玉，现在脸上沟壑纵横的丁思辰，我朝着她挥手，她果然从正在"放下午茶"的病人们中走出来，顺利找到了我。

我知道我赌对了。刚刚在高医生那里，我早就过了安眠药药效，故意拖到现在才醒来，因为我知道，在病人们下午"放风"的时间，我才最有可能接触到丁姨。

丁姨，我们认识吗？我试探地问她。

丁姨没有说话。

我们认识，对不对？我尽量表现得和善。

丁姨突然拉过我的手，往我手里塞了一个凉凉的东西。低头一看，是颗橘子。然后，她握住我的手包裹住橘子，生怕别人发现似的，冲我眨了眨眼睛。没等我开口，她惊慌地转身走了，走几步又回头看看我。

我冲上去拉住她的手：丁姨，你别害怕，我让我妈不要再骚扰你。

丁姨却只是木木地盯着我，然后突然笑了笑，抬头看。

我顺着她的目光看上去，天上什么也没有。她再看看我，然后把食指放在唇边，仿佛在告诉我，不要说出去。

到底是什么，不能被说出去？我凑近丁姨，我们说过什么秘密吗？

丁姨只是一直把手指放在唇边。

丁姨,你说啊,我是洁洁啊。

这时有护士走过来,她发现了丁姨,毫不犹豫地把她拉走。丁姨走到楼梯口,仍回头望我一眼,露出一个纯真喜悦的笑容。

我感觉到她在表达一种欣喜,为何她今日情绪如此亢奋?今天,今天到底是什么日子?明明还没到30岁,我的记性怎么糟成这样了?

这时,四下无人,一个我不认识的年轻护士走上前来。

小陆,你先回去。

你说什么?

你先回去吧,护士压低声音,有人来接你。

有人接我?我望了望空荡荡的大门,但视线仍不舍地望着丁姨消失的楼梯口。

快回去吧,护士催促。

好的。我勉强笑笑,转身离开。

回程中一直头疼,我尝试着厘清现在的思绪。

今天着实很漫长:首先我昨晚没有睡,然后一大早被小陆拉去面试了一个角色,接着我送小陆上班,结果不知怎么在高医生的办公室里睡着了,醒来已经是午后,然后我顺利见到丁姨……

放在风挡玻璃前的橘子夺目而浑圆,仿佛催眠用的小球,正在以微弱的频率左摇右晃。

当我意识到应该踩刹车时,桥栏已经近在眼前。

不行!

不能就这样死掉!我的内心这样喊着,好不容易放弃了轻易结束生命的想法,怎么可以就这样让我死去?

不可以!

车子刹停在栏杆边,眼前的栏杆似乎已经被撞歪。而我,定定地看着周围一切。

心跳声很快,我迅速检查自己,发现竟然毫发未损。但毕竟看过太多"车祸后其实已经死了,却以为自己没死"的电影桥段,我用力敲了敲自己的脑袋,确认了真的没事。

车窗突然被猛烈敲击,我回头,看见车窗外一张熟悉的脸孔。许家杰。

有人来接你,护士刚刚这样说。我顿时意识到,他一直在跟踪我。

我迅速换挡后退,再踩油门。车子竟然还能动,但在猛烈后退一米左右时,又骤然停住。

许家杰一个箭步冲上来,用力拍打我的车门:开门!快出来!我在茫然间按开车门,他立刻将我扯出车子,然后拉着我一直跑。

我现在去报警,你去打给保险公司,他斩钉截铁地命令。

你跟踪我?

他没有理我,只是拉着我跑离河边。

当警车、救护车、保险公司职员到齐,我看着恍如拍戏现场的场面,仍然回不过神来。眼看着拖车就要拖走我的车子,我突然冲了上去。

那颗橘子!

我是想拿回那颗丁姨给我的橘子。

许家杰死死抱住了我。冷静！他在我耳边说，我明白你现在的感受！

你不会明白，我哭喊。

今天是你爸的忌日，是很难受，我懂。

我愣住了，狐疑地望向他。

我从来没有和任何人说过今天是什么日子，就连我自己，都差点忘了。

许家杰，你到底是谁？

· · · · · · ·

这几日苏美娟有些坐立不安。

她陷入一种从未有过的焦躁，上课也没办法集中精神。那焦躁伴随着类似兴奋、怅然若失、愧疚等情绪，复杂到她也不知如何向身边的任何一个朋友表达。

苏美娟有很多朋友，很多很多，好像谁都愿意和她做朋友。她虽然是单亲家庭，可母亲好歹算是学校骨干教师之一。而她也从来没有丢过母亲的脸，读书成绩好，人长得和善标致，如果说她是卫校的明星学生，谁也不会有异议。

最重要的是，苏美娟乐于助人。

值日生如果那日有私事，她便主动帮忙打扫卫生。教室桌椅坏了，她主动修理。繁复的黑板报绘制工作，放学后只剩她一个人做……更别说借同学一块橡皮擦、拿一下早餐这类琐碎小事了。因此这几年学校的"学雷锋奖",全部毫无异议地颁给了苏美娟。

从小母亲叫她要乐于助人,要品学兼优,于是即使来不及吃早餐,她也会帮楼下的大爷拿报纸;即使生理期肚子不舒服,也会帮忙打扫宿舍;即使因为帮忙搬桌椅而哮喘病发作,她也没有半句怨言。

当苏美娟在学校大会堂的舞台上从母亲手中接过奖状,戴上红花时,她看到母亲眼中的激动和欣慰。她也笑了,只要母亲开心,她就觉得安心。

所以就算她的成绩能考上大学,也还是按母亲的想法读了这所卫生学校,因为母亲认为这样稳定可控,并且学校一定会把他们分配到市里的大医院,从此就有铁饭碗。人生会不会有其他的可能?苏美娟不敢想。只要能成为母亲喜欢的样子,她什么都愿意去做。

大概是因为,内心深处,有一种深刻的恐惧。四岁以前的事,她不太记得,她一直以为其他孩子也不会记得四岁以前的事,因此当好朋友秀华和春楠说起一岁时被大人抱着洗澡、抱去逗猫这些琐碎的事情时,她觉得很惊讶:一岁的事情也能记得?

苏美娟曾努力去回忆那段幼小的记忆,却只看到一片迷雾。这迷雾带来更深的恐惧,这让她必须更加用力成为让母亲骄傲的好孩子。

优秀是一种习惯,因此苏美娟总是在笑,温和地笑,开心地笑,善解人意地笑。她笑起来好看,升学以来一直有很多男生追求她，有人寄情书，也有人大胆地在教室外跟她表白。可是苏美娟牢牢记着母亲的话，毕业后才能谈恋爱，最好在医院里找一位医生丈夫。

于是她一直委婉得体地拒绝了所有男生，因为她知道，卫生学校的男生毕业后都不能成为真正的医生，只能做护士、药剂师、检验员等辅助职务。

直到她认识了赵弈。

"学雷锋奖"颁奖典礼上，那个站在她身边的单眼皮高个子男生，特意转头对她说，祝贺你！

也祝贺你！她礼貌地回应。这是他们第一次交谈。两个得奖人都戴着红花，拍了一张照片。这张照片被挂在公告栏里，被同学们打趣说像结婚照。每次路过公告栏，苏美娟都感到脸上有种炽热从脖子到耳畔，只能低下头，快步走开。

再一次见到赵弈，是苏美娟被指派代表班级帮学校出板报。那个年纪的学生，周末个个忙着谈恋爱，或是去市区公园玩，只有她一个人站在偌大的操场上对着空空的黑板。

这时，有人拍了拍她的肩膀。一回头，是赵弈。

原来赵弈也被他们班指派来出板报，苏美娟一下子被耳朵和脖颈处的炽热燃烧了全身，动也不知道怎么动，手也失去了握住粉笔的力度。赵弈的字写得好，他写完字，回头看一眼苏美娟还在惦着脚尖描黑板顶端的红花图案，就走上去拿过了她手中的笔。

我来吧，你画下面的。

她猛地缩了手,那被他碰到的手,像是烧了起来似的,不知道该藏到哪里。她扭头偷偷看赵弈,内心掀起千层巨浪。

不能,不能在学校谈恋爱。母亲说的。

更不能找一个当不成医生的男人做丈夫。母亲说的。

她在心里用力把巨浪压下去,决心用最大的力气让自己和他成为普通的好同学。她一向开朗温顺,这样的事情,她一定可以做到。

对于她自己,乐于助人是一种责任,而赵弈的热心却仿佛是天生的,好像全身有着用不完的精力,他是真心想要帮人。怎么会有人做此善举而没有目的?苏美娟暗自惊讶,一心想要找出他的破绽。

他这样做一定有目的。她以观察的目的作为借口,留在他身边,珍惜每一次和他的交集。

赵弈的时间常常被塞得满满的,有时候放学后还要去学校对面的照相馆打零工赚钱。苏美娟认为他家境可能不太好,殊不知拿到奖学金的第二天,赵弈的胸前便挂上了一台暗红色皮革包裹着的海鸥相机。之后她才知道,赵弈并不是农村里苦读出来的穷孩子,他家是工人家庭,虽不富裕,但也能允许他"奢侈"地用打工赚来的钱买下一台新相机。

那天下课,他们一起出完新一期板报后,赵弈神秘兮兮地问苏美娟有没有空,他想带她去一个地方。苏美娟犹豫了一会儿,用力点点头。

虽然这对她来说是巨大的冒险——从小到大,她的身边总有着各式各样的"眼线",将她的一举一动汇报给母亲。从老师到学长学姐,从饭堂大婶到门口保安,母亲仿佛织下了一整张天罗地网,将她安全地围在其中。

忐忑地跟着赵弈走出学校,一路警觉地左看右看:如果被人看到怎么办?不管了,这一刻她心里突然这样想,因此觉得开心了许多,脚步也轻巧了许多。出了校门过马路,赵弈熟门熟路地走进那间照相馆,苏美娟瞥了瞥门牌——"幸福照相馆"。那个年代其实有无数家"幸福照相馆",但走进去,苏美娟真的感觉到了内心一阵温暖幸福。

是啊,照相不就是定格人生中最幸福的一刻吗?

夫妻和美,儿孙满堂,青春正好。看着那些相框里的一颦一笑,苏美娟也忍不住嘴角微微上扬。刚好看见镜子里的自己,她突然发现,真正开心的笑,原来是不会露齿的,只是微微的,淡淡的,不用时刻把喜悦表现给别人看。

这个钟点照相馆已经准备打烊了,赵弈和老板打了个招呼,然后领着苏美娟穿过一道门帘,进了里屋。里屋很大,陈设着拍照背景,其实也不过是一块红色幕布,后面还有些备用的鲜花画、岛屿风景画一类的背景板,前面摆着几把椅子。摄影器材都收好了,只有一台被布遮起来的相机幽幽地对着那些空椅子。在昏暗的光线下,仿佛真的有谁在那儿坐着准备拍照。

每一年苏美娟的生日,母亲都会带着她去拍一张合影。每到这一天,母亲都会要她穿上最可爱的裙子,甚至给她的嘴涂上一点口红。露华浓,她记得这个牌子。

站在镜头前,在最后一刻,母亲总是微微低下头,在女儿耳边轻声说"要笑,露齿笑"。很多年以后,苏美娟每次拍照时,耳边还仿佛有这一句夹带着微微唇脂味道的话,使她条件反射地露齿努力笑出来。

年年都有合影,从四岁开始。但三岁以前,却什么也没有。为什么没有?是她太小了吗?还是她们根本没有办法合影?

赵弈喊她,过来这边!

打断了苏美娟的胡思乱想,她这才将目光移开,循着赵弈的方向走进一角的小房间。

房间暗红色的灯光下,是浅浅的药水池,那些墙上用来晾晒照片的绳子,上面还挂着一些陌生的笑脸。当然,最真实生动的,还是赵弈的笑脸,她看见他的牙齿,白色的,在红色灯光下,像一些不真实的精灵。窄小的空间里,她的心跳得很快。

赵弈兴高采烈地从口袋里拿出胶卷,然后手法熟练地将它放进加了温的显影液,用力摇晃罐子。

这是我的第一卷胶卷呢!

苏美娟不太懂,为什么赵弈会向她展示冲洗第一卷胶卷,但看见他很开心,她也就很开心。

不一会儿他停了下来,似乎在等待药水的浸泡生效。空气是静的,凝固的,让她有点不敢呼吸。

欸,她想开口。

其实我有话告诉你,赵弈却先开了腔。

你说，她的声音有些颤抖，她在这一瞬间已经决定背叛母亲，和他在一起。

其实我下学期就不来上课了，我打算退学，赵弈说。

苏美娟分析着这话中的情绪，却发现自己一时之间，竟感受不到沮丧或是消极。我知道啊，她只能淡淡地说。

我想去高考。

苏美娟一愣，这是她想做而不敢做的事情，就这么被赵弈轻而易举地说出口，好像是一件随口说说的小事。

她久久没有说话。

你不问我为什么？赵弈说。

苏美娟摇摇头笑笑。哪里需要问，她早已在心里幻想过同样的事情。

那你想考哪里？许久，她问。

所以我今天专门找你来，问问你的意见。我觉得你很有想法，我想听听你有什么建议。

学医吧，她脱口而出。

他闻言，摸摸头发。她发现他在想事情的时候，就会不由自主地摸摸脑后的头发，仿佛这动作能帮他想得快一点似的。

其实我想学文科。她的心里沉了一下。

很好啊，你字写得好看，以后很多工作适合你，她勉强笑着说。

你会不会觉得，我是嫌弃现在读的专业？

不会啊，我知道你有更大的抱负。其实只要对这个社会有贡献，无论在什么岗位都可以。从苏美娟嘴里说出来的话，永远这么得体。

那就好，既然你也鼓励我，我就更有信心了！要是发挥得好考上了北京的大学，你有空来北京的话，我带你去转转！

他的笑灿若星辰，小小的暗房也挡不住那双眼睛中透出来的光。

嗯，她笑着点点头。

两人的视线对接了，都是真诚而年轻的目光，时间如果停在这一瞬间多好，苏美娟心想。这小小的暗房，仿佛不属于世界的任何一处，仿佛没有什么可以伤害到藏匿在这里的他和她。

即使这只是友情，也好，也值得。

尽管她的心在流血，她也开心。

啊！赵弈突然看了看手表，连忙从罐子里取出胶卷，忙着换药剂。

那……我得回家吃饭了，明天见。苏美娟必须得走，要不然眼里的泪水就会滴下来。

好吧，今天谢谢你的建议，等我冲好了把照片给你看，赵弈把罐子密封好。

可以开门了，他说。

苏美娟连忙打开门，闪了出去，又立马关上门，好像怕光线污染了里面的胶卷。

关门的那一刻，啪，只有她听到，那是一滴眼泪掉落下来的声音。

夜色中的松清山墓园。

读中学时，有时候我会背着书包出门，不去学校，直接搭一小时公交车来这里，书包里带本小说，在爸爸的墓前坐着看一天。

我见过这里的春樱，夏天蝉鸣，秋天红叶，冬天却没有雪，只有苍冷的松涛，像北方的海一样，被西风吹起平静而深邃的墨浪。

当与死亡屏息相处时，它像一只巨大而优雅的猫，安静地趴在我的身边，毫无攻击力，只有掠过耳边的风，那是记忆中爸爸的呼吸。

只有在这里，我才能感到宁静。记忆深处的那些刀光剑影，与母亲在小小的空间里亲密而冷漠的空气，永远融入不了的叽叽喳喳的同班女生们……此时都与我无关了，我是安全的。直到现在，我都不曾惧怕死亡，反而崇敬那广袤的宁静，像流水一样流过内部深处无从解释的焦躁，像岛屿覆盖着草甸森林，下面却是连绵的火山。

我曾讨厌这个压抑着火山爆发的自己。

小学五年级，我用订书机砸伤了班上男生的额角，男生缝了八针。虽然后来同学们都证明我不是故意的，老师也这样认为，可我知道不是这样的。我那样做是因为他的爸爸开了新车来学校接他，我认为他在我面前炫耀。

当那男生顶着纱布回学校上课时，我永远记得他看我的眼神，不是仇视，而是害怕。

高一学校元旦文艺表演时，我领舞的舞蹈和隔壁班的舞蹈太过相似，而表演名额有限，只能二选一。我知道，隔壁班的领舞是一位准备考舞蹈学院的女生，我没有胜算。几天后，她在去练舞室必经的旋转楼梯上滑倒，脚踝扭伤无法领舞，所以最后理所当然地选上了我。

我只是在值日的时候，故意用很湿的拖把去拖了那条楼梯而已。

这些事情，我不敢回想。

只有在这里，爸爸的墓前，我才能暂时遗忘掉这样的我。我可以自由地哭，没有人会问我，为什么哭？我不想回答为什么，因为那等于告诉别人，我害怕，我想惩罚自己。

长大后，每年爸爸的忌日，母亲总说想在家单独面对爸爸。我知道，那只是她拒绝来扫墓的借口。她不愿面对伤痛，甚至不愿面对我，因为我是伤痛遗存下来的证据。

也许我们都一样，不敢直视过去，直视自己。

我走前面吧，许家杰说。

此时，我被许家杰领着，从一条后山小路绕进墓园，看起来他似乎比我还要熟悉这里。

我在他身后拿出手机偷偷发了一个坐标给小陆。"如果今晚没回，来这儿找我。"我飞速地打着字。

跟着许家杰的脚步和手电筒光，我们很快来到父亲的墓碑前。"辜清礼，公元二〇〇〇年十月二十一日吉立"。这熟悉而简单的墓碑，就是父亲的一生。我也有很久没有来过这里了，此时我却一刻也不想多留。

我把刚刚买来的半瓶红酒洒在墓前土壤中，另外半瓶放在碑前，转身对许家杰说，好了，我们可以走了。

这么快就走？以前你在这里待很久，许家杰说。

我双手冰凉，这事我连母亲都没有说过。

你……怎么知道？我只能努力让自己看起来冷静。

他并没有回答我，只是转过头，看着我。

你是心洁对吧？

我默默点头。

你是辜清礼的女儿，对吧？

我再点点头。

那就好，很高兴认识你。

我茫然，不敢作声。许家杰的表现太奇怪了。

你还记得你爸的工作是什么吗？他突然问我。

……可能是在做生意吧，其实我不太清楚。印象中爸爸总是在别的城市出差，给我带不同的礼物，但我从来也没问过他是做什么的。

你爸在不同城市搞买地项目，然后找人集资。简单说，就是你爸爸用很高的利息，向很多人借钱，明白吗？他说。

我点点头，但我当时只有10岁，就算爸爸跟我说，我也不会明白这些。

你爸爸很厉害。许家杰突然说。

厉害？

他能让很多人信任他。那时候，我爸认识你爸之后，好像中了邪似的，把家里所有积蓄拿出来，三万块，全部投了你爸的项目。

许家杰语气平静地继续，仿佛在诉说一件不关己的事。

但不久之后，你爸车祸过世，那笔钱，我们家完全不知道该找谁拿回来。我爸是个农民，本来打算用那三万块开个店面，做点小生意。事情发生以后，他很慌，因为那是我们全家人，还有我爷爷奶奶一辈子的积蓄。我妈当然骂他，还闹着要和他离婚。之后他就窝在家里，不肯去田里干活，每天睡十几个小时，不见人。

有一天，我叫他起床吃中饭。房间没人应，我就进了门。我看见他吊在床边。奇怪，当时我也只有十几岁，但我一看见他，就知道，救不回来了。

一阵细密的战栗从我后颈密密麻麻爬上身体，我很后悔跟许家杰来这里。现在，我必须想办法稳定他的情绪。

对不起……我不知道这些事情……

我的声音在发抖。

心洁，我是故意接近你的，你也应该看出来了，所以一直不肯接我电话，许家杰说。

我不由得握紧手机，将手指放在通话键附近，随时准备拨出。

但你不用紧张，当时我们一家也没有想过要怎么讨回公道，只是认命,觉得运气太差。我接近你,更不是想要报复。我只是想找到真相,他说。

真相?能有什么真相?我心想。

长大以后我考了警校,第一份工作就是警察。那时候我同时在学档案管理。刚好那一年公安系统重建电子资料,我在输入资料的时候,看到了你爸的车祸记录。因为和我家的事有关,所以我看得很仔细。

然后我发现了一件事情。

我抬头看着许家杰,他的眼在黑暗中闪烁不明,让人读不出他此刻的情绪。

那份报告的结论虽然是车祸意外,可是尸检报告上有一行字:心脏病发导致交通意外。

是的,这我知道,我爸有心脏病,我坦然说。

他摇了摇头。

报告后面附了一份详细的检验数据,死者体内检验出了氯化钾。你知道氯化钾吧?

我一时不知做何反应。他却没有理会我,只是继续说着。

那一刻,我有种感觉,你爸心脏衰竭出车祸,不是因为心脏病发作,而是因为氯化钾中毒。

你是说他的死不是意外?我茫然地说,那为什么当时没查下去?

当时这件事不了了之,可能是疏忽,或是县里为了达到什么刑事犯罪数量最小化的业绩目标……

也可能是你想得太多。我努力镇定着。

对,也许,但我没办法当作没有看过这份报告。他的眼神瞟向黑暗。

全身有些发软,像所有的筋脉骨骼一下子都被抽走,现在支撑我站立着的,是仅存的一点求生欲。

心洁,你那时还小,当然什么也不知道,他说,但你可不可以帮我回想一下,当时谁会有动机杀死你爸?许家杰紧紧地盯着我。

我摇了摇头。

会不会是因为当时他手里有一笔集资来的巨款?他有没有合作伙伴?和你家人的关系如何?他循循善诱。

我再次茫然,脑海中却浮现起母亲的脸。我突然想起她的职业是药剂师。

许多记忆碎片顿时像海啸滔天涌来。爸爸死后,我和母亲搬去了另一个城市,母亲用一大笔钱在那里买了房,然后我们在北方生活了好几年,为了照顾外婆,母亲才又带我回到这里。这是我的记忆。

钱从哪里来的?母亲是因为伤心才离开的吗?

还有那个我永远难忘的画面:母亲和另一个男人在街角的咖啡厅,我从未见过她如此开怀……

我努力掩饰脸上的表情,我是一个演员,我做得很好。我深吸一口气。

许家杰,我不会怪你故意接近我,和你上床也是我自愿的。

但你可能真的想多了，我们都长大了，为什么不放下以前的伤痛，好好过现在的生活？

我知道我的劝说听起来是多么苍白无力。

你难道不想知道是谁杀死了你爸吗？许家杰的脸色无比阴郁。

我现在最需要担心的，是什么时候能接到下一部戏，我的房租就快交不起了，我都快三十了，事业、感情都是一塌糊涂，我要焦虑的事情太多了。求求你，放我回去担心我现在的生活吧，不要再用这些无谓的事情打扰我，好吗？

我的眼睛里有丝丝细碎的泪，眉目里有适当的脆弱无助，是的，我看起来只是一个柔弱的、只想现世安稳的平凡女子。

许家杰的目光在黑暗中忽隐忽现。

我叹了口气：我知道自己没什么值得人喜欢的，你和我的事，你不用觉得有压力，我也不会缠着你的，麻烦你送我回家吧。

许家杰的眼神终于恢复了淡漠，或许是失望吧，对我，对往事。

我松了口气。

在回程路上，我们沉默而疲惫，但我的内心激扬滚烫。我知道，我正在一步一步接近真相。

下车时，我抱了抱他。我看起来就像一个在对方提出分手后理智转身离开的受害者。

其实我……许家杰想说什么。

我明白的，我打断他的话，苦涩一笑。保重吧，放下过去，好好生活。

我是衷心的，我知道背负着过去的人有多累。

拜托你再好好想想，想到什么，随时打给我，他说。

我点点头。许家杰还想说什么，但最后还是开车走了。直到他离开，我那副苦大仇深的脸色才渐渐被夜风吹散。刚才演得好吗？受害者的模样，无辜的模样，这一点，我还真是像足了母亲。

那些"陈旧的事"或"以前的伤痛"，真的能放下吗？

对我来说，不，可，能。

· · · · · · · ·

家中晚餐照例是两道菜。

这么多年来，母亲严格地遵循着营养要求，即使在最困难的时候，也有一荤一素。

苏美娟乖巧地去厨房帮忙拿餐具，今天母亲还煮了一锅海带排骨汤，厨房里放着一个盛好汤的饭盒。

妈，你要带去学校？我帮你把盖子盖好吧。

母亲脸上露出稍纵即逝的惊慌，但很快，就恢复了手上勤快的刷锅动作。

没事，先凉着吧。

两人坐在小桌子两边，桌上的菜热气腾腾。一碟炒空心菜，一碟青椒炒肉丝，都是很下饭的菜，母亲帮她剔出一勺子肉丝，一股脑放在她的饭碗里。

多吃肉，看你那么瘦。

苏美娟乖乖地大口吃着。

母亲又指示：去喝汤。

苏美娟听话地站起来，盛汤的时候，她发现那个另外盛着汤的饭盒里，放着几大块排骨，几乎是所有排骨都在饭盒里。

学校包办了教师的中餐，母亲甚少带饭去学校。况且，母亲从来不会吃那么多肉，这么多排骨是要带给谁？

谁住院了吗？

苏美娟疑惑地坐回饭桌，母亲正就着剩下的菜汁吃下最后一口饭。

一定发生了什么，苏美娟心想，但她不敢问。

果然，母亲放下筷子时开了口，但说的是别的事情。她说，这个礼拜天跟妈去教会吧。

苏美娟不作声，她着实不喜欢去教会，脑子里飞速搜寻着不去的理由。

我……周末约了同学一起自习，下星期要考试。

她从来不善于说谎，小时候说谎被揭穿后，母亲曾罚她深夜站在门外，第二天天亮才放她回房。看着母亲那憔悴的面容，她懂了，说谎会深深地伤害母亲，即使那只是很小很小的谎言，如果有可能，她绝不想对母亲撒谎。

母亲抬起头看了她一眼，埋头收拾碗筷。

本来想介绍一些教友给你认识，都是很好的年轻人，母亲淡淡地说。

当时苏美娟的第一反应是：母亲要介绍男孩子给自己认识？

但后来回想起来,她明白,不是这样的。

当时的她,只是怯生生地一口咬定,礼拜天,她没空。这是她第一次这样撒谎,怕得要死也要撒谎。因为礼拜天赵弈约了她去杨柳河公园。

9月中是赵弈的生日,她想为他庆祝生日,或者,约他一起骑单车?但等等,母亲的单车最近好像没了踪影,说是被人偷了,但又不让她报警。苏美娟在心底盘算着,既然如此,她要自己想其他办法,在赵弈走之前,约他见一次面。这是巨大而隐秘的喜悦,她不惜欺骗母亲,也要用力捉紧它。

也许那时候的苏美娟已经有预感,那会是她最后一次见赵弈。

她有时候幻想,也许长大以后的某一天,她去了北京,会在车水马龙的天安门广场上再次看见赵弈。他并没有失去踪迹,只是到了更广大的世界,成为更优秀的男人。即使那时候,他的身边站着另一个优秀的女人,她苏美娟也不会伤心难过。

能为他庆祝一次生日,也算是好好道了别,她想。这样就会有再相见的凭证。

后来她知道不可能。赵弈永远离开了。

但这事,她不能告诉任何人。

撒这个谎的时候苏美娟不知道,她将要和母亲一起,共享那些秘密。

· · · · · ·

我接到母亲电话时,她的声音听起来前所未有地恐慌。

外婆出事了……在医院……

母亲语无伦次，像个没经历过事情的小女孩，哀求我想办法立刻叫车送她回县城。她甚至说不清楚外婆是因为什么而入院，一下子说是中风，一下子又说是煤气中毒。

我放下电话，突然想起我的车子现在撞得乱七八糟，只好打电话给深夜出租车队。等回电的时候，小陆从浴室走了出来。

怎么了？小陆刚刚洗完澡，湿漉漉的短发搭在额头上，像小猫一样。

我外婆住院了，我得回去一趟，我说。

现在吗？

对。

我一边说着，一边飞快地走进房间收拾东西。正收拾着，小陆走进了我的房间。

可以不要去吗？她小声说。

别闹了，我把几件衣服塞进便携行李袋。

叫出租车把你妈妈送回去吧，你可不可以留下来？小陆请求。

为什么？

你不是要演戏吗？小陆小声说。但很明显，这不是真正的原因。我觉得奇怪，小陆为什么要管我这么多？这是我的家事。

我很害怕……不知道为什么，我有不好的预感，小陆低着头说。

简直胡闹。

小陆突然抱住了我的腰：答应我，无论发生了什么，都不要生我的气,好吗?

我一脸狐疑地望着小陆,正要开口问,电话响了,是出租车司机的回电。

于是急急忙忙地穿鞋出门,看见小陆茫然地站在客厅里,看着我。

你到底怎么了?

小陆愣了愣,坐在钢琴旁,打开盖子。

没事,我太紧张了,弹弹琴就好了,她说。

看好家,养好猫。我丢下一句话,转身飞奔下楼。下楼时,我听见楼上传来那首钢琴曲,*Intouchables*。

不可触碰。

小陆说,她心情不好的时候,就会弹这首曲子。

夜色中,高速公路在窗外飞速掠过。

母亲没有问我今天经历了什么,她只是一直在啜泣。

这条公路我很熟悉,从小到大每一次去外婆家都要经过这里。也就是在这条公路上,我们永远地失去了爸爸。不,是我,是我永远失去了父亲,母亲没有。她或许不认为那是一种"失去",也许对她来说,是一种"解脱"吧。

母亲的啜泣声越来越大,我却没有任何心情去安慰她。我做不到,因为我从来没有听过母亲这样的啜泣声,父亲死的时候,也不曾有过。

我闭上眼睛努力让自己睡着。太多秘密横亘在我们之间,我和身边的这个女人,在夜色中辨认不出彼此。从很久很久以前,我们就选择关上了通往彼此的大门。

再见到外婆,我差点认不出。

小时候我和外婆同住过一段时间,她每一餐都坚持自己动手煮,一荤一素,白饭配汤。她对于荤素搭配有种固执的坚持,有时候我只是想喝碗稀饭配腐乳当晚餐,她却坚持要收拾出冰箱里剩余的食材,用咸菜炒肉糜,再从田埂扯点马齿苋拌一拌。总之一荤一素,不能缺少。

那几个暑假母亲很忙,叫外婆来市区照顾我。母亲为了尽量不麻烦外婆,干脆帮我报了很多兴趣班:竖笛班、合唱班、奥数班,塞满了我的时间。

有一次外婆去竖笛班接我下课,看见我坐在最后一排,因为跟不上别的同学,笨拙地假装合奏着。最后我被老师识破,被叫出来让我在全班面前单独吹一次。我窘迫地胡乱按着那些孔洞,吹出难听的杂音,所有人都笑了起来。我只能用求助的目光望着老师,但她只是笑着看着我,毫无解救的打算。最后我像一个残废的木偶一样,乱吹完整首歌,在全班同学的哄笑中退回原地,紧紧挨着墙壁。

从那以后,外婆就让母亲停了我所有的兴趣班。母亲在外婆面前听话得像个仆人,当时的我在心里暗呼万岁。没有了兴趣班的暑假,外婆带我回县城,去河边饮料亭,给我塞一本名家著作,要我看完了写读后感,而她自己则拿着一本《圣经》静静翻阅。

不知为什么,现在有时候在梦里,也会出现那一条河。河水并不清澈,饮料亭的装潢也很不入流,一切都很平庸,可这梦让我感觉平静，好像生活就是那么简单，简单到只需要专注读眼前那本书。

也许是因为每次在饮料亭点了食物后，外婆总会拉起我的手祈祷。我不知道她在说什么，但我喜欢她念念有词的样子，仿佛掌握了什么宇宙的秘密。

我读了大学之后，母亲多次提出要接外婆一起来市区居住，外婆却怎么也不愿离开她在县城的老房子，甚至渐渐地，不愿我们回去探望她。

母亲还是经常偷偷跑回去探望外婆，但每次回来都把脸拉得长长的，看起来外婆并没有领她的情。

多年未见的外婆，此时躺在医院加护病房里，如果不是旁边的仪器上显示着数字，我还以为那是一具尸体。

母亲一看到外婆，就哭着扑上去。

据说是外婆多年前教过的学生从海外归国，去探望她时，发现了躺在厨房昏迷不醒的外婆。当时房间里充满了煤气味。好在发现及时，命是保住了，只是不知道老人家何时才能清醒。

其实我很想追问医生，到底是煤气中毒还是中风？一向心细如发的外婆大概不会忘记关煤气，但也许她真的衰老了。到底发生了什么谁也不知道，母亲似乎也不想探究，或许她宁愿这是意外。

和医生沟通完，母亲像个不经事的小女孩一样一直哭。她那表露无遗的悲伤让我越发确定，曾经爸爸的死，对她来说并不是一件值得难过的事情。

我受不了这凄凄切切的气氛，站起身走出病房。

医院侧门那家小卖部卖本地杂牌的烟，牌子好像叫云溪。青春期的我常躲在学校厕所里偷偷抽烟。母亲倒是没发现，还是有一次我不小心带了点烟味回家，被外婆发现了，母亲才气得狠狠打了我一顿。但我知道，她打我并不是因为我抽烟，而是因为我让外婆生气了。

云溪烟依旧散发出一股浓浓的廉价草莓味，的确是能让少女们喜欢的叛逆小道具，内里却是非常劣质的烟草，用力吸一口，头脑会瞬间晕眩。浓烈的烟雾中，我看见一个熟悉的身影在不远处的正门一闪而过，像是小陆。

这里离市区有三个小时车程，小陆怎么可能在这里？我迅速掐灭烟头，快步跟上。

医院大门处充斥着各色人等，再没看见小陆的身影，我想我大概是被那烟草熏出了什么幻觉。我意识到从前天晚上开始发生了太多事情，神经没有一刻停止紧绷，大概真的出现幻觉了，真想好好睡一觉。

回到病房，母亲已经哭得虚弱无力，连我全身的烟味也没有闻出来。事实上，她看也没看我一眼。

医生说了，现在着急也没办法，就是要耐心等外婆醒来，我劝慰，休息一下吧。

她虚弱而坚定地摇头。

我站起身，这样吧，我先回去睡，等我醒了过来换你。我把手张开放在母亲面前。我需要老房子的钥匙。

母亲没有和我说任何话,从包里拿出钥匙,丢给我。

. . . .

县城很小,外婆的老房子离医院不远,走路也不过20分钟。但我实在太累了,在医院门口上了一辆摩的。

入秋夜有点凉,车一发动,风冷飕飕的。我不由得抱住了那个摩托车司机,用他的背挡风。那是个年轻人。县城里的年轻人大多去了大些的城市打拼,这个年轻人却选择留在这里,开一辆摩托,在小小的县城到处跑,他是为了什么?

对于男人,我总是没有任何分辨能力,这20多年,谁对我好我就对谁好。本以为在老方那儿已经算是栽了个大跟头,该长点心了,可当我想起许家杰,心里还是有点酸楚,大概我真的不适合男人。

果然,想法很快被印证。

摩的到了老房子,本来说好3块钱,我给了那年轻人20元纸钞,他一拿到钱就开动摩托绝尘而去,留下村子里一片受惊的狗吠。我知道追不上,作罢。我就活该被男人骗。

随着摩托车声消失,狗吠也渐渐平息,留下一个漆黑的老房子轮廓,在夜色中像个沉睡的巨大动物。听说这一片很快就要拆迁了,留下来的村民不多,索性连路灯坏了都不修。

我拿出手机开了手电,照着房子大门。门外一侧仍是那个旧信箱,绿色漆皮掉落露出斑斑锈迹。我拿出钥匙,插入老旧的锁孔。

随着门被推开的吱呀声，院子里一下子亮了起来。霎时，轻柔而热闹的古典交响乐响起，像是正在举行一场派对。我吓了一跳，才发现院子里不知什么时候装了声控装置。

这多年没有来过的院子，此时种上了许许多多浓密的花草，最丰茂的是那片红砖墙上盛放的橙红色凌霄花。不仅如此，缠绕的藤蔓上还挂着闪烁的灯饰，看起来就像一条光之瀑布。其他郁郁葱葱的花树上，也都挂着类似圣诞灯串的灯饰，一闪一闪，如同小公主的后花园。

我被眼前的景象惊呆了，那棵我熟悉的老柚子树下挂着一架秋千椅，架子上装饰着轻纱花饰，而椅子上摆放着两个被精心打扮过的布娃娃，就像是婚纱摄影店里会出现的廉价布景。是的，布景。整个院子闪闪发光，却不伦不类，毫无真实感。

在我的记忆中，外婆的品味不是这样的。当年那个带我去河边看书，静静望着河水读着《圣经》的老人，一向衣着淡雅，谈吐得体，她为什么要打造这样一个用力过度的花园？我实在搞不明白。

但真的太困了，我无暇细想，穿过院子再用另一把钥匙打开房门。当我离开院子时，灯光在一瞬间熄灭，好像知道主人离开，那些虚幻的宾客也在瞬间散了场似的。

打开客厅的灯，所幸，没有浮夸的装饰，还是一切如旧。简朴得有些空旷的客厅，素净的白墙大镜，茶几沙发是最简单的木质，没有电视机，只有一台旧收音机。然后是占了整面墙的书架，虽然落满灰尘，但至少是我记忆里的模样。

外婆的房子有两层,一楼是客厅、厨房,还有一间她自己的睡房,二楼有两间客房和一个用来晾衣服的露台。客房一间是母亲的房间,也是我小时候暑假住的房间,另一间则总是锁着。而在外婆独居的这些年里,二楼总是空置,听说有远房亲戚曾经想帮外婆把二楼改装成民宿出租,被外婆拒绝了。

困意袭来,我打算直接去母亲的房间躺一下,但走上楼梯,面对二楼的一片黑暗时,我突然有种感觉,仿佛早有人住在里面,而我的出现搅乱了这人安静的生活。我轻声说了句"打扰了",就像去外地拍戏住酒店时,每个人都会在进房时敲敲门,说声"抱歉打扰",这是对待黑暗世界的基本礼貌。

母亲的房间和以前并没有什么分别,木质旧地板踩上去吱吱作响,深色木头的书桌和衣柜蒙着一层淡淡的暗色。而当头顶那个摇晃的灯泡亮起,一切仿佛又回到旧时。

我轻轻摸上书桌,发现上面一尘不染,就好像有人刚刚擦拭过似的。再回头看那张单人床,床罩枕套都是旧式花色,绽放着大朵大朵的牡丹花,颜色鲜艳如昨。我用手摸了摸,是干爽而洁净的,仿佛下午还晒了次太阳。

这不像一间许久没有人居住的房间。

一股深深的睡意袭来,我躺在床上,就这样闭上眼睛。

做了个梦,梦中又回到外婆带我去过的河边。我在河边看书。忽然,河水漫到脚下,一点一点淹没我,而我不能动弹,因为外婆说了,要看完这本书才能离开。直到河水漫过我的鼻子,我闭上眼睛。

河水漫过头顶，突然感到耳边有动静，那是一双水中的手轻轻拂过我的耳畔。那手指像是漂浮的水草，又像细碎的暗流，就这么一下一下在我耳边动弹着，仿佛要告诉我什么，而我只听到吱呀吱呀的声音，像是指甲在刮着我的耳膜。

是水猴子吗？它来找我了。

我猛然醒来。

房间沉浸在昏黄的吊灯光线中，此时我突然发现，那吱呀吱呀的声音并非来自梦中，而是来自床底。一股奇异的勇气让我蹲下身，打开手机查看床底下。

当灯光照亮床板底下的那一刻，一阵冷汗突然冒起。

床板背面，有密密麻麻的划痕。

我的手颤抖了。

小时候的我本能地惧怕床底，害怕睡着时床下有什么东西，因此从来不敢探寻那片领域。而现在……在手机灯光的照射下，床底木板上的划痕细密但不深，不像是什么锐物造成的，倒像是来自指甲。外婆家是不是养过什么宠物？印象中并没有。而且，那划痕细密的程度，并不像是宠物无意挠出来的。

而像是，被活埋在棺材里的人濒死呼救。

这个比方让我心中一凉。是谁划的？是母亲吗？她为什么会睡在床底？

我决定钻进床底一探究竟，于是尽量让自己蜷缩起来。好在我身型算小，能够勉强钻入。木质地板冷而硬，我用手触摸那些划痕，指甲和床板摩擦，发出轻微刺耳的声音，就像深夜里微弱的求救。

我不由得想起那个坐在轮椅上飞快移动,短发随风飘起,面色如铁的母亲。她到底经历了什么才变成现在的模样?

吱呀吱呀的声音再次响起,我意识到那声音来自耳边,用手一摸,发现旁边的地面一块木板有些松动。这块松动的地板,随着我在床上的滚动而发出了声响。

原来如此。

我用手指撬开木板,摸到下面是空空的一小块空间,里面放着一些东西。颤抖着拿手去摸,是一沓厚厚的信纸。

我的心疯狂跳动,迅速爬出床底,在昏暗的灯光下摊开每一张。

那些信件看起来黄黄的,应该有些年代了。上面的字迹非常稚嫩,而且充斥着符号和图画。一开始还以为那是绘画日记一类的小女生玩意儿,但看了几张后,我发现那些星星月亮或是匕首图案出现的频率和次数,似乎各自意有所指,然后突然明白了,这是一场带有密码的交谈。

他们以代号称呼对方,没有名字,写信的人是一个太阳,收信的人则是一朵花。也就是说,母亲代表那朵花?

我尝试解码,这对我来说不是难事。以前在剧本上做演员功课时,我也会对应剧中人的情绪在旁边画上特定图案,比如失恋会画上一颗裂开的心,设计阴谋则会画一只狐狸头。如果是非常心碎,那颗心的裂缝会非常大。这是一种感受,需要强烈的想象力和感知力,小孩子才会明白。

这些信件，它们似乎没有诉说什么特定的事情，只是想传递一种情绪。因此虽然无法准确翻译出其中任何一段文字，但也能看到一丝半缕的意象。

那位写信的人，似乎想要安慰母亲。

先是看到了匕首，我猜测那是代表"疼痛"或"伤害"。看到了月亮，我猜测那代表"夜晚"，但或许不只是"夜晚"，而是一些"因疼痛而失眠的夜晚"。

花朵是什么呢？是"开心"吗？不，看起来似乎不是。

我还看到了水滴，那代表"泪水"吗？水滴有大有小，是代表哭泣的程度吗？藤蔓缠绕，上面画着许许多多细小的花朵。还有一双瞪得大大的眼睛，像是"愤怒"？

那些乱七八糟的符号中，也有文字。看得出来，那孩子很多字还不会写，所以用拼音代替。我拼出了"保护"这个词语，还有"永远"。

太阳对花说，我会永远保护你。

不知为何，我的脑海中总是浮现出那一幕，母亲在转角的咖啡厅和那个背对窗口的男人一起，笑得那样温柔，仿佛花对着太阳……

然后呢，然后我告诉了父亲。是的，我把这一幕告诉了父亲。

然后父亲就死了。

是"花"杀死了爸爸，还是"太阳"？

那些写得密密麻麻的信件，看起来就像好友之间的通信。也许是我想多了，也许，这只是母亲小时候的笔友。

不对，好像总有哪里不对，我想着，脑海中总有一片拼图拼不上，错放了位置，让人觉得有那么点不对劲，却怎么也想不清楚。

· · · · · · · ·

苏美娟第三次在英语课上遇见辜清礼。

英语课是集体课，不同专业的学生被安排到同一间大课室。连续三次，辜清礼静静地坐在了苏美娟身边。

这些天苏美娟精神恍惚，因为赵弈已经不来上课了，不知道是在家休息，还是在准备高考。但她又听同学说，赵弈的家人也在找他。

苏美娟突然听到老师在叫自己的名字，赶忙站起来，脑子却一片空白。这时，她看到坐在旁边的辜清礼用书遮着嘴，对她做出口型。

27页，第一段，辜清礼小声说。

苏美娟连忙翻开27页。"What's this? Is this a bus? Yes, it is."她永远都能立刻摆出好学生的架势。

下课后，苏美娟向辜清礼道谢，辜清礼问苏美娟星期日要不要一起去参加英语角的活动，那天会播英式口语的磁带让大家一起学习。苏美娟有些犹豫，她答应过母亲星期日去教会。

没关系，我听到你说英语发音不太标准，想让你再努力一点，学一下外国人的标准读音，只是这样而已，你不用觉得有压力，辜清礼笑着说，扶了扶他的眼镜。眼镜一角有些破损，但他一直没有修理。

好吧，苏美娟小声说，我和我妈说一声……

你很听妈妈话啊，辜清礼笑着看着她。

苏美娟低下头，她从他的目光中感受到了一种像火焰的东西，这让她有点害怕。为了快点结束对话，苏美娟站了起来。辜清礼也站了起来，就在她面前，让她不得不面对他的目光。

你妈妈叫你做什么，你都会做吗？他轻声说。

苏美娟动也不敢动，还好上课铃响了，她好像被解开了穴道似的，迅速慌乱地收拾起书包。

辜清礼帮她捡起掉落的橡皮擦，放在她手上。她的手触到他的手，立刻缩开。

那星期日在英语角见吧，辜清礼笑笑。

苏美娟只好点点头，逃也似的跑开。

吃晚饭的时候，母亲照旧拉着苏美娟的手做祈祷。

一直以来，每逢这种时候苏美娟都会在心里唱《生日快乐》，唱到第二遍的时候，通常母亲就会结束祷告。但今天，唱到第四遍，母亲才松开她的手。苏美娟看见母亲眼里有泪光，她不敢问，她想也许是医院里的父亲又犯了病。母亲很少提起父亲的事情，偶尔会去探望他，却鲜少让苏美娟一起去。她想，也许母亲是不想让她看到父亲狼狈的样子。

父亲有先天性精神病，一发病就乱说话，大小便也不能控制。她只在很多年前见过父亲"正常"的样子，但那看起来也不正常。他浑身散发着一种难闻的味道，透过栏杆看着女儿，眼神痴愣。那一刻她知道,父亲根本认不出她。

父亲留下的钱不多,这些年来,都是母亲一个人养大她,好在苏家留了栋房子让母女俩住。但就是在最艰苦的日子里,母亲仍能变出一荤一素喂养她的孩子。现在条件是好多了,母女俩的户口也转回城市。其实苏美娟宁愿母亲再找一个男人相伴,但母亲并没有一丝一毫这样的打算。不过的确,苏美娟也觉得在县城里,没有男人配得上母亲。

想到这些,苏美娟觉得自己不能在星期日抛下母亲。母亲喜欢去教会,就陪她去吧,就算再无聊,她为了母亲也应该忍着。

可母亲却先开口了:这几天妈妈有点事情,可能要加班,你自己照顾自己。

那……星期日呢?不去教会了?

星期日可能也要忙。我买了鸡蛋和西红柿,你要按时吃饭,母亲说。

要不要我做好饭带过去给你吃?苏美娟问。

不用了,我可能要出差去省里,母亲说。

苏美娟感受到母亲言语中的慌乱。她在说谎?《圣经》不是教人不能说谎吗?

不过她相信母亲有她的原因,母亲可能要照顾父亲,又不想让女儿也跟着担心。因此苏美娟闭嘴不问了,心里想着这样的话星期日就得去英语角了。苏美娟说服自己不该想那么多,可能辜清礼真的只是单纯地想帮她呢。

她知道,这段时间自己是太敏感了。大概是赵弈离开的缘故，心里总有点说不清道不明的惆怅。不过也好，这样就可以听妈妈的话专心学习，以后的事交给以后，缘分的事交给上帝吧。苏美娟这样想着，睡着了。

难得地睡了个好觉。

清晨苏美娟走出房间后，经过二楼另一间上锁的房间，心里无来由地慌乱了一下。听说这里是以前父亲发病时住的地方。那时候祖父是村干部，家丑不可外扬，因此父亲一发病就被关在这房里。父亲和母亲结婚后，病情越发严重，家人才肯把父亲送去医院住院治疗。

印象中这间房一直是锁着的，也许母亲也不想回忆起父亲发病时的那些日子吧。苏美娟看过父亲以前的照片，长得倒是高大，可惜那双眼睛一看就是痴愣的。母亲嫁给父亲时，不会不知道父亲的病，但如果知道，她又为什么肯嫁呢？

所以爱情到底是什么？苏美娟在心里反复思量着。

也许，爱是牺牲，她这样想。

走到楼下，看见母亲房间里被褥整齐，桌上没有早餐，只是放着一些零钱，留下一张字条：

娟，妈妈早上有工作，早餐你自己买。

妈妈在撒谎。床上的被褥还是昨天苏美娟帮忙叠好的形状，母亲应该是昨晚在苏美娟睡下后就出了门。学校里没有什么工作是需要晚上做的。苏美娟心想，母亲一定是去医院守夜了，也许父亲病情恶化——但这么多年来，也没有出现过这种情况。虽然心里隐隐有不安感，但苏美娟知道，在母亲和父亲两人之间，她永远是个局外人。

也许母亲刻意想让她回避有关父亲病症的一切，也许……

她不敢再想，生怕脑海里又出现那些年幼时常常出现的噩梦。那些噩梦曾让她必须将自己藏在床底下的小小空间里，氧气越少越好。然后她只能大口大口呼吸，把密闭空间里仅有的一丝氧气用力榨进自己羸弱的肺部。

只有这样，她才能最终入睡。

后来母亲带她去看医生，确诊了先天性哮喘症，她总算为她夜晚的那些痛苦失眠找到了借口。

但仅仅是因为身体的疾病吗？她不敢再想。

苏美娟终于还是来到了学校的英语角，却被告知今日活动取消。听同学说，有个学生的家长来闹事，负责学生工作的老师要应付家长，所以不能来主持活动，也借不出收音机。大家都有点失望，苏美娟却暗暗松了口气。

正要走，辜清礼却叫住了她。你跟我来，他神秘兮兮地说。

辜清礼把她带到学校的凉亭里，从书包里掏出一个小巧的随身听，光洁簇新，上面印着"松下"的英文标识。苏美娟不由得发出艳羡的惊叹，这是很多学生梦寐以求的物件。

你买的？

对，辜清礼淡淡说，然后拿出一盒磁带，熟练地放入卡夹，按下播放键。小小的机器里，传出标准的英式英语。

听到了吗？是不是很好听？

看着苏美娟目瞪口呆，辜清礼笑着说，我借了他们的磁带。

苏美娟一愣，刚才辜清礼看见同学们因为没有收音机失望而归的时候，并没有把这部随身听拿出来，而是带着她单独到小凉亭。这代表什么？她就算再笨，也不会不明白。

可苏美娟的心，还没有从赵弈离校的怅然若失中走出来。她想让辜清礼停止这样的举动，可又说不出口。毕竟从未经历过感情事，她怕伤害了这个男生，又怕自己拒绝，便更加走不出那失落的情绪。

于是，她和辜清礼单独在凉亭里听了一个下午的英语。听着辜清礼努力模仿英式口音，苏美娟不禁佩服起来。一直以来她都习惯了优秀，习惯了为别人而活，而辜清礼有着强烈的主观能动性，他做的一切都是为了自己的将来，这股力量逼迫他向上。

苏美娟隐隐意识到，现在的辜清礼，并不是那个在野餐会上怯怯接过苏美娟手中奶油蛋糕的腼腆男生。眼前这个跟着随身听一遍又一遍模仿英式口音，直到自己听起来像个英国人的他，才是真正的他。

辜清礼习惯性地扶了一下眼镜，苏美娟注意到他眼镜的一角还是残破的。一个念头在脑海中闪过：他连眼镜破了都不换，怎么会有钱买随身听？

但这个念头只是一闪而过。很久以后，当苏美娟再想起这一幕时，深深后悔当时自己为何不追究到底。

就在赵弈离校一个礼拜后,苏美娟想起那日在野餐会上拍摄的合影至今仍未收到,于是鼓起勇气来到了"幸福照相馆"。

照相馆老板却说赵弈一直没有回来取晒好的照片,让苏美娟快点把照片拿走。当她走进那间暗红色光线的暗房时,看见一整排晒片架。

那些照片里,有蓝天白云,有沉静的教学楼,都是线条美好、光影斑驳的景物,而其中唯一生动的人物,是一个女生。

丁思辰。

全都是丁思辰。

操场上坐着沉思的她,课室一角专心写画的她,很多学生在体育课上玩乐时,独自坐在一边发呆的她。都是她。

心仿佛沉到最深的深海。苏美娟知道,她输了,输给了这个胶卷里无处不在的女孩。赵弈喜欢丁思辰,他们之间早已熟悉到了与她苏美娟无关的地步。

最后,苏美娟也找到了那张野餐会上的合影,她和赵弈站在一起,身后是丁思辰。其实拍照时的她早就有感应,只是不愿承认而已。

眼眶有种热热的感觉,鼻子的最深处很酸很酸,在她还没搞清楚发生了什么事之前,一滴眼泪就掉了下来。

这就是爱的酸楚。她终于明白了。

而在下一个瞬间,她的内心升腾出一种不安的情愫。赵弈失踪一个星期了,她一直认为他是不辞而别去了北京准备高考,可是此时的苏美娟突然意识到,赵弈不会丢下这一卷洗好的照片独自离去。尤其照片上的，还是他的心上人。

苏美娟颤抖着拿起全部照片，潜意识里，她或许早就知道——

赵弈不会回来了。

这一刻，苏美娟决定去认识一下丁思辰。她想起今天是周末，宿舍的女生大概还没有回来。丁思辰的宿舍是哪一间，问问楼下的宿管阿姨，就能知道了……

苏美娟不由自主地盘算着。

· · · · · · ·

推开院子门的一刹那，灯光照亮了花园，交响乐充斥着空气。

小陆瘦瘦的身影坐在秋千架上，孤独得像一个影子。我不知道现在的自己看起来有多么狼狈，我冲了上去，抱住小陆。

小陆抬头看向我，绽放出笑容：这里真好看，好多花。

会着凉的，回屋吧，我说。

小陆像个孩子似的拉起我的手，把小小的一管东西塞到我手里。是一个黑黑的塑料管，上面有泥土，像是从土里刨出来的。形状像是一管口红，摇起来能感觉到里面装了东西。

这是什么？

是我在这里挖出来的，小陆说。

我打开了管子，把里面的东西倒了出来。在明亮的灯光下，那物件看起来年代久远，但锈迹之下仍然散发着锋利的光。仔细一看，是三根由细到粗的三棱针，最粗的那根锋利无比，与其说是针,不如说是一把小锥子。

我倒吸一口冷气:这是什么?

小陆茫然地摇摇头。

我拿出手机,对着灯光把那三棱针拍了下来,把照片传到网络,很快就搜索出了类似物件。

放血用三棱针,网站上显示着一模一样的物件。

放血用三棱针……

小时候母亲一直有关节炎,发作时疼痛难忍。有一次她接我下课后带我去了中医院针灸部,我看见医生在她膝盖上飞快扎了几个洞,然后将烧烫了的玻璃罐子放在伤口上,顿时黑色的血就充盈了整个罐子。那一幕曾把我吓得说不出话来,可母亲说并不痛,还很舒服。

我只是没想到有那么粗的三棱针。

别碰它吧。从小在医院工作的母亲就告诉我,别人的血液里可能带有病毒和细菌。我拿了张纸巾,小心翼翼地捻起针,放回管子里,再把管子旋好。

把这东西扔了,我说。小陆却一把抢过,像孩子似的紧紧捏在手里。

扔了吧,我再次说。小陆坚定地摇头。

凌霄花,小陆突然指着院子的墙壁说。

墙壁上的凌霄花开得热烈,甚至比之前我看到的还要热烈,仿佛吸取了院子里所有其他植物的养分,轰轰烈烈地铺了一墙。小陆兴奋地走到墙边,好奇地抚摸着繁盛花丛。

睡吧,我摸摸她的短发,明天把你送回市区?

小陆摇摇头:我请了假,想要陪着你。

傻瓜……

我怕没有机会了,小陆看着夜色中的奇幻花园,自顾自地说着。

怎么会?我又不赶你走,你爱住多久住多久,我们好好地在一起。说完,我抱抱她,她没有抗拒。

你知道凌霄花的花语是什么吗?小陆突然在我的耳边轻声问。

我摇头。

慈母的爱,不顾一切的爱,小陆说。

我这才想起,今晨,我收到医院通知,外婆停止了心跳。

. . . .

外婆的葬礼,简单至极。

县城殡仪馆早就倒闭了,母亲也不想去市区,于是就在老房子的客厅里布置了一个简单的灵堂。

葬礼上来了些人,我都不认识,据说都是卫校里外婆教过的学生,还有外婆教会里的人。有个老人家,穿着普通,看起来斯斯文文,上前握住了母亲的手。他是县城教会里的牧师。我见他低着头,打开了母亲手上的《圣经》,在她耳边说了些什么。母亲默默点头,又流了泪。

据说外婆还清醒的时候,一直要母亲在床边念她那本暗红色烫金边的《圣经》。母亲就一直念,外婆一直闭着眼睛。当母亲念到《马太福音》十三章,"丢在火炉里,在那里必要哀哭切齿了"时,外婆眼角湿了,仪器上的数字归了零。

"恶魔撒了坏的种子,天使撒了好的种子。等到收割的时候,天使收了好的麦子,把坏的稗子丢在火炉里。"这一章,是《圣经》对好人坏人结局的警示。

为什么是这一章?母亲见到医生时,一直哭,一直问。

医生回答不了,她就问牧师。我妈不是坏人,母亲一次又一次地说。我不知道牧师是怎样安慰她的,最后,母亲悲悲戚戚地坐下,把脸别向另一边。

我忙着招呼客人,端茶递水,收帛金送吉仪。毛巾是昨天临时去县城超市买的,没别的选择,上面一角还印着滑稽的喜羊羊。好在来人不多,我得以走出去呼吸一口新鲜空气。

花团锦簇的院子里,小陆又坐在秋千上,形单影只。

我走上前摸了摸她的头,怎么了?她没说话,眼睛里掉下大颗大颗的眼泪。

我蹲下身,像看一只流浪小猫一样看着小陆。

小陆,你告诉我,那天晚上你去哪儿了?那天晚上,我们从城隍庙回来的晚上,也就是外婆病危的晚上。

在竹林里,我弄丢了小陆。等我狼狈地回到家,就接到母亲的电话,外婆不好了。

等我再一次见到小陆,是安顿好医院的事后,我把母亲带回家,照顾她勉强睡下,我走出院子,也是像现在这样,看见小陆坐在秋千上。

对不起，我真的很怕，小陆说。

你在怕什么？

我很怕亲人离开的场面，所以我逃跑了。对不起，没有陪着你。

我把小陆拥入怀中，在她耳边轻声说：人各有命，但是，想活着的人一定能活着，不想活着的，怎么抢救也没办法，或许外婆已经不想留在人世了。

上楼睡一会儿吧，我拉着她。她终于虚弱地点点头。

直到小陆睡着了，我才注意到她的手上紧紧握着一个东西。是那个黑色的管子，装着三支三棱针，由粗到细。

我走到窗边，仔细观察着那个管子。现在我看清了，管子外壳上印着一行小字"广陵卫生学校"，外婆的学校——也是母亲的学校、爸爸的学校、赵弈的学校、丁思辰的学校。

那是他们所有人的交集。在那里一定发生过什么！

窗帘开了一条小缝，下面正是院子的角落，我低下头，眼前出现的场面，让我的手颤抖不已。

母亲一袭黑衣，以义肢伫立在大门边，送走了最后一个客人。

我走上前，把一沓帛金递给母亲。

母亲看了一眼，没有伸手接。

外婆的身后事……

外婆早就在城隍庙附近买了块地，我叫了人去订墓碑，母亲说着，眼泪又下来了。我知道母亲伤心，但总得有人解决事情。

地契什么的，你知道在哪儿吗？我去和那边的地主沟通，看看什么时候下葬,我轻声说。

母亲深深吸了口气,用手胡乱地抹了抹眼泪,艰难地拐着义肢,扶着墙,一步一步走回房间。

在外婆的睡房,母亲熟练地从书柜一角拿出钥匙,打开床头柜抽屉的钥匙。

外婆的睡房非常简单,几乎没有装饰,书柜里放着些医学专业书,也有唐诗宋词四大名著一类的旧书。床铺上是平整洁净的旧床单,没有席梦思床垫,只有一层薄薄的凉席,下面垫着薄薄的床垫。这才是我一贯认知中的外婆:简朴的女老师形象,而不是院子里那假花缤纷、灯火闪耀的样子。

母亲拿出一沓文件,坐在床铺上,戴起眼镜翻找起来。外婆去得急,没有留下什么遗嘱,所以对于母亲来说,她必须处理这些事务,也只有她能。

需要帮忙吗?我走上前,帮忙整理散乱的文件。母亲刚刚放下一张复印的地契,是这栋老房子的,手写的笔迹年代久远,上面却是个陌生的名字,姓李。

这房子的地契,不是外婆的?我疑惑。

母亲看了一眼:可能是外公他们家里人的吧。

外公不是姓苏吗?

可能是村子里的吧,母亲淡淡回应。

听说这一片就快拆迁,到时候地契上写谁的名字,拆迁的钱就归谁,这一栋房子可值不少钱,你要不要弄清楚一下?我说。

这种世俗的精明,我也是有的,大概是这些年当演员,一个人和各种剧组副导演制片斗智斗勇训练出来的吧。

面对我的追问,母亲只是虚弱地摆摆手,看也没看我,继续低头找那张墓地地契。

你去外面收拾收拾吧,母亲下了"逐客令",我只好走出房间。

客人已经散去,留下些用过的茶杯,坐乱的凳子。我默默收拾起来。我拿起落在桌子上的那本深红色烫金边的《圣经》,翻了开来,看见扉页上的签名。

丁思辰。

脑海一片眩晕,猛然抬头瞥见外婆的遗像。她的笑容似是嘲讽的,嘴角笑着,嘴却闭着,仿佛把所有秘密的出口,都紧紧关闭了。

外公的病,丁思辰的病,太阳与花,《圣经》上丁思辰的名字……

丁思辰,苏美娟。

她们两人,究竟在分享什么秘密?外婆在其中,又充当着怎样的角色?

我必须弄清楚。

手机突然响了起来,铃声尖锐。

上面显示着一个熟悉的名字。

许家杰。

· · · · · · · ·

当母亲再次醒来时,发现自己身处外婆的花园里。

她坐在轮椅上，看着灯光花束，星星点点。如果不是秋夜寒意正浓，这大概很像一场热闹的私人聚会。

可惜她的客人，只有我一个。

我坐在她的对面，翻阅着一本 1990 年出版的《应用化学》，那是我从外婆的书架上找出来的。看得出来，之前的读者非常好学，在许多地方都细心地做了笔记，其中很多页角也被折起。

而我翻看的那一页，正好折上了角。那一页，是介绍各类肥料的扩展阅读资料，某一种肥料中，含有大量氯化钾。

我一边翻看一边读了出来：

"白色晶体，味咸，无臭无毒性，易溶于水，在水中的溶解度随温度的升高而迅速增加。这是氯化钾的物理特质。"

母亲望着我，在闪烁的灯光中，她的脸色忽明忽暗。

怎么突然看起了化学书，你不是最讨厌理科吗？母亲柔声说。

再讨厌理科，我也学过分子链。很多不同的物质，看似不相关，却偏偏能靠着分子链结合在一起，成为另一种物质……

心洁，我真的累了，想回去睡一会儿。

你是累了，你一直在送别人走，我说。

今天来的客人确实不少，总是要好好招待的，母亲说。

你送的不是客人，是亲人。最早是外公，然后是爸爸，现在是外婆，还有一个人……

母亲盯着我，我拿起那本《圣经》，翻开扉页，指着上面的名字。

还有丁思辰，什么时候轮到她？我盯着母亲。

母亲愣了许久。然后,她叹了口气,拿过那本《圣经》,翻了起来。

我就知道你会问她,我知道你在偷偷和她见面。没关系的,我可以告诉你。

丁思辰是外婆的一个学生,她是个孤儿,很可怜,所以一直以来,有时候我也会去看望她,母亲说。

这我知道,可是为什么她会在你看望完她之后,就划伤了自己的脸,差点性命不保?

母亲没说话。

丁姨认识我,她手上还有爸爸的照片。还有那家精神病院,我小时候去过,你带我去过……我一股脑地说着。

心洁,你最近的精神状况,真的不太好,我听高医生说了……

不要扯开话题!不要让我以为我病了。我没有,我很清醒,我爸死的时候你哭都没哭,外婆现在过世了,我才知道你原来是会哭的,只看你肯不肯难过。我知道外婆走之前,她的精神状况也是不正常的。我问过医生,她昏迷的原因不是中风,是一氧化碳中毒。你看看这里的厨房,有前后两扇门!外婆做饭从来不关门,就算煤气泄漏,也不会出事!

我激动地站起来,指着这个花园。

还有这个院子,以前不是这样的!你看看这些假花,这些灯饰,还有这个粉红色的秋千,这是一个正常人会布置出来的样子吗?外婆已经疯了。

二楼那个房间,那个上锁的房间,小时候我从窗户进去过。

那些绳索还在！外公以前就是住在那间屋子里面对吧？不是住……是绑。你们家的女人，到底对他做了什么？

啪！

面颊热辣辣的，母亲打了我一巴掌。

打吧，我心想，反正我也不能再逃避了。

不许说你外婆，不许说她疯了，母亲的声音有些发抖。

就是疯了！我大声反抗，你也快疯了，放过丁姨吧，她没有做错什么，就算她喜欢过爸爸，那也已经过去了，她现在已经够惨了。

我的眼前出现了那张沟壑纵横的脸，每次想起，我不觉得恐怖，而是感到深深的悲伤。

母亲静静地看着我，灯光继续在她的眼中闪烁不定。我等着她告诉我，不是这样的，我等着她的一个解释，对这一切化学分子链的解释，解释造成我现在生活混乱的这种物质，它到底从何而来，最终又要变成什么？

而许久许久，母亲只是垂下了眼帘。

外婆刚刚去了，她去了……你不可以恨她。

母亲温柔地抚摸着秋千架子，那上面缠绕着廉价的假藤蔓花朵，像是捆绑着她的绳索。

那绳索叫作母爱。

母亲突然瘫软地坐在秋千上，轻声说，你不想听一听外婆的故事吗？

她的目光穿透了灯火，飘到很远的地方。

木南薇这名字，来自《诗经》。

"陟彼南山，言采其薇。未见君子，我心伤悲。"

当南薇从出生长大的中部大城市来到这小县城郊区的村子时，心中本来激荡着的热血，顿时凉了一半。

曾经，这决定令她热血沸腾。她渴望去任何需要她的地方，她渴望从城市去乡村，跟着其他年轻人浩浩荡荡的步伐，去南方，去农村。而且她的名字中，恰好有一个"南"字。

一切都是命运的安排。南薇蜷缩着身子，盯着破旧的临时宿舍天花板，这样想。

因为文化水平高，普通话标准，她一到村子里，马上就成了村里小学和中学的老师。说是中小学，其实就一个班，什么都教，每个月几块钱工资，村里包餐宿。

尽管一切条件都不好，但想到使命伟大，南薇还是决定了要撑下去。只是，南方的冬天总是阴雨绵绵，那深入骨髓的寒，让娇生惯养的城市女孩难以忍受。

有一次，南薇偷偷拿了个公家的"汤婆子"放进被子里，但"汤婆子"漏了水，把她的腿给烫伤了。她疼了一夜，之后感染化脓，因此暴露了"小偷小摸"的行为，不仅挨了骂，而且村里没有好药，她腿上的皮肤熬了半年才好。

在那样的寒冬里，热血会慢慢地凉。南薇闭着眼睛，不让眼泪流出来。

就在第二年春节前，下了一场薄雪后，市里的文工团来到了县城。

文工团里都是俊男美女，但南薇一眼就相中了站在最中间吹着小号的那个人。那人并不是最为俊朗壮硕的，相反看起来有点文弱，戴着眼镜，像个走错了地方的大学生。

他和别人不一样，不像文工团里那些花枝招展的"雄鸡"，他会写歌，会编曲，他们吹奏的外国交响曲，就是他改编的。

村里没有人知道他的名字，南薇只打听到他的名字里，有一个"晨"字。

晨。

很多夜晚，南薇在临时宿舍里，听着老鼠蝙蝠的声音，心里念着这个名字，仿佛只要念着就什么都不怕了。

那时候，很多和南薇一样的年轻人，正千方百计地想要回到城里。但南薇不同，她知道自己是有理想的，即使这里的湿冷曾让她无数次在夜里暗自落泪。何况，现在有了那个"晨"，一切都更加坚定，更加伟大。

小小的简陋的教室里，南薇对着一群脏脏的小学生，露出了温柔的笑容。她再次确认了，她是属于这里的，只要心在，热血在，他也在。南北西东，偏偏在这里相遇了，南薇坚信，这是命运的安排。

但他在第一个南方的冬末，就染上了咳疾。夜里，南薇放心不下，偷偷溜到厨房，用话梅和姜煲了滚烫的姜茶，敲了他的门。

湿寒的冬夜，两个冰冷的人，就这样悄悄抱在一起取暖，仿佛这个荒芜的世界，只有对方这一缕烛火。

可惜他和她是一样的人，他们都心怀理想，不愿以另一个人的成全去度过安稳的一生。因此，当他告诉她，他要前往"三线建设"的前线修铁路时，她没有说话，也没有哭，就放手了。

她知道他要去的地方，在云雾缭绕的滇北山区。那里悬崖峭壁，下面是奔涌的金沙江。那些重峦叠嶂，像层层叠叠的迷宫，走进去，就难走出来。

而她只是温柔、笃定地相信他会回来，回到这片牧歌般的南方田园，最终和她一起，在最冷最冷的湿寒中，相拥取暖。

但他没有。

南薇没有等很久，才半年就等来了消息。消息就是，她不用再等了，永远不用了。

那些夜里，她无数次在泪水中，梦见滇北那片广袤而荒凉的山林，那奔涌的江水，永远不散的雾气。她的英雄永远留在了那里。

他在闭眼之前，是否记得南方小镇水草丰美，是否记得漏雨的小教室和讲台上那个帮他煲姜茶的女子？

南薇在午夜醒来，看着自己日渐隆起的小腹，紧紧抱着自己。她不再需要"汤婆子"，因为心已经冷了。

她想回家，可是，回城的调令因为父亲"出事"而迟迟下不来，南薇开始明白，必须要为自己做些考虑。

想起父亲，南薇便心痛。她的名字就是身为大学教授的父亲取的：陟彼南山，言采其薇。未见君子，我心伤悲。而眼下被软禁批斗，不得自由的父亲也不会想到，女儿一生的命运原来从一开始就已注定——到了南方，却等不到君子，徒留伤悲。

南薇咬咬牙，请了长假，偷偷溜去市区医院生下了女婴。纸包不住火，单身的女知青怀孕，这样的传闻让她回村子后遭尽了白眼。短短一年，南薇觉得自己度过了漫长的半生。这半生，经历了理想、爱情、最美好的愿景，然后一一破碎。

她眼里的光彩，消失了。

南薇在女婴的襁褓里塞了一张字条，上面写着"丁思辰"。姓丁没有原因，她只是觉得女婴丁点弱小，"思辰"是因为，思念那个叫作"晨"的人。

当她决定抛下丁思辰时，她便决定抛下所有思念，抛下寒冬的拥抱，抛下前半生所有的幻想。

南薇回到村子里继续教书，拿着几块钱的工资，吃着村里的伙食。她很快嫁给了村官苏家的独子，苏万全。

苏万全是个好人，只可惜天生带了病，是脑子的病。

苏家也是好人，不计较那些传闻，感激南薇肯下嫁，把家里的房子给了媳妇儿子住，还帮着南薇把犯病时的苏万全锁在二楼的房间里。直到南薇生下了美娟，苏家就把地契上的名字，改成了木南薇。

苏万全的病每到春天就发作，后来苏家人看情况不对，帮着南薇把他送进了市里的精神病院，从此苏万全就没出过院。

直到有一天，南薇带着女儿美娟来到医院。护士们突然发现苏万全的病情加重了许多，因为他连亲生女儿都不认得了。

医院里全然陌生的男人，痴痴呆呆地望着自己，眼里满是疑惑。

这就是苏美娟对父亲的所有记忆。从那日之后，她再没见过父亲。

不，不说苏美娟了，这是南薇的故事。

之后南薇留了下来，守着苏家过户给她的房子，带着女儿，靠自学取得文凭，进了县城的广陵卫生学校当老师。

木南薇，就是你的外婆啊。

· · · · · · · ·

花园陷入一片黑暗。

大概我们在这里逗留得太久，院子里跳了总闸，这是老房子经常发生的事。

小时候，每次跳闸停电，我都会吓得全身僵硬，就像掉入水底一样，害怕外婆口中的"水猴子"来找我。而此刻，一只软软的手拉住了我，我意识到小陆也在这里。

母亲好像也发现她来了，在黑暗中轻声呼唤她的名字。

我在，小陆说。

你来了，你都听到了？母亲问。

嗯，这病是有遗传概率的，现在你面临亲人离世，情绪上非常脆弱，一定要多和人说话疏导，有什么也可以和我说说，小陆柔声说。

尽管在黑暗中看不清她的脸,我也能想象到她对待病人家属时那副严肃的小模样。

许久许久,母亲没有说话。

小陆叹了口气,松开了我的手,不知道她又跑去了哪里。

终于,母亲的声音在黑暗中响起:

我知道有人帮我承担了一切,一定是这样的。

这话让我突然想到了床底下的那些信件,关于太阳与花的情谊。

太阳与花,就是身在孤儿院的丁思辰和母亲。她们早已心意相通,以某种方式知道了彼此的存在,并且在黑暗中静默相伴。这秘密通信持续了整个童年,通过那些只有她们看得懂的符号,互相支撑着度过了一个又一个黑夜。

丁思辰说会保护母亲,因此,她帮母亲承担了一切,甚至在长大之后,把辜清礼让给了母亲。这个小时候的承诺,她以一生来兑现。

她们在长大之后又是如何相认的?为何母亲坦然接受了这一切馈赠?

我不得而知,我只知道,在某种程度上,母亲是自私的。因此我没有说出我看过那些藏在床底的信件,是想给母亲留下一点点颜面。

而此时,花园的灯瞬间亮起,大概是小陆找到了电闸吧。

母亲流泪的脸暴露在闪烁的灯光下,她看着这诡异的花园,脸上露出一丝苦笑。

你外婆,她没有疯,母亲说,她只是用这个花园,来补偿一个没有缘分庇护的女儿。

藏信的床底一尘不染,定是常常清洁,所以可不可以这样猜测:外婆其实早就发现了那些信,这些年来,她尝试解读信中的符号,想象着那一开始身处孤儿院,后来身处精神病院的女儿心中的世界。丁思辰,她必然是在狭小破旧的孤儿院里,渴望灿烂灯光,渴望满院繁花,渴望美丽娇柔的事物。

所以,才有这一簇簇不败的假花、动人的音乐、缠绕的藤蔓、粉红色缎带的秋千……这些年,外婆把自己封闭于此,是为了赎罪。因为内疚,她连另一个女儿也不愿见。

母亲不再说话,勉力从轮椅上站起来:回去睡觉吧,明天我们回去。

母亲一瘸一拐地往房里走。

等等,我叫住母亲,我还有一件事想问。

南岭大学的那个白教授,你们认识很久了吧?

母亲一愣。

那天,我看见你们在院子里……

安顿下睡着的小陆,我走到窗边观察那管三棱针时,正正看见母亲和白教授相拥。母亲当时在他的怀里哭。

这个画面,与10岁那年在街角咖啡厅看见的母亲的笑颜重叠。一个猜想在那一刻成形。

是不是,我小时候你就去见过他?背着爸爸……我们家出那场车祸之前,你才去见过他,对不对?我质问母亲。

母亲的背影被灯光照得斑驳陆离。

但为什么爸爸死了之后,你不和他在一起?你在害怕什么?

母亲一直没有回过头来。

我和白教授,一直是很好的朋友,他也是外婆以前的学生,仅此而已,母亲说。

母亲继续一瘸一拐地往前走,我冲上去拉住她。

不对,不是这样的!为什么丁姨把爸爸让给你,你却不懂得珍惜,为什么你那时候坚持要把我送去外婆家?为什么偏偏是爸爸,死的那个偏偏是爸爸?

为什么?

我死死拉住母亲,闪烁的灯火下,母亲咬牙切齿般地吐出了几个字。

辜清礼,不是你爸。

灯光把她的脸照得斑驳陆离,她的眼神却淡漠得像置身事外。

他根本没有生育能力。

母亲轻声说完,转身离去,把我一个人留在深深的水底。我一阵晕眩,最后是小陆抱住了我。

渐渐地,我感觉到我和她的身体都变得越来越凉,我们像冰天雪地里一对失温的动物。就在失去意识前,我对小陆说,快,把你的手机借给我。我必须要打一通电话。

必须要。

起床时已经是中午,我是被许家杰叫醒的。

当我睁开眼看见他的样子时,我很想让一切重来。我不该打那通电话的,可是我知道已经太晚了。

许家杰看我醒了之后的第一句话就是,她承认了。

我下到客厅,看见母亲身边站着几位警察。母亲一身黑衣,看起来比昨天还要瘦。

我从楼梯上俯视着母亲,她也望着我。她的眼神没有恨,没有怨,只是平静。就像小时候,我放学回家了,她从厨房探出头看了我一眼,知道我回来了,于是转身继续炒菜。

女警给母亲戴上了手铐,要带她走。

我跑下楼跟着她走到门口,那里停了辆市区过来的警车,一切早就准备好了,请君入瓮似的。母亲上车前回头看了我一眼,无奈地笑了笑,像是认输的棋手,已经无路可走。

我没想到会那么轻易地赢了。

警车消失在村口,我茫然地走回客厅。空旷的白墙上,只有外婆的遗照嘲讽似的看着我。

对不起,我把头埋在手中,轻声说。

许家杰轻轻拍了拍我的肩膀。

为什么那么快就承认了……我自言自语,昨晚她没说,但为什么今天那么快就承认了……

我还是想不通,母亲为什么要杀父亲。

那个白教授……?我问。

帮你查过了,他不是赵弈,也没改过名字。他的前妻在加拿大,一直以来他和前妻孩子都有联系,还有,他应该不是你妈妈的情人,许家杰回答。

我捂着头,头真的很疼。我不知道哪里不对劲,但一定有哪里不对劲。

关于赵弈,许家杰说,虽然没查到他的下落,但我倒是查到了一些东西。

赵弈失踪后的两个月,河下游冲上岸一具严重腐烂的男尸。当时条件有限,不能确定身份,但赵弈的母亲坚持说那就是她儿子。那几年,赵弈的母亲不停在闹,可惜当时的技术确认不了身份,所以赵弈的档案现在还是"失踪"状态。

我缓缓坐在椅子上,又站起来,在客厅焦躁地踱步。

你没事吧?许家杰问。

我摆摆手,忽而想起小陆,我现在很需要她来教我如何正常地呼吸,或是如何想象那一颗金色小球,或是用其他类似的方法,平稳我急速的心跳。

小陆,小陆!

我突然回忆起,小陆昨晚似乎是生病了。她的手很凉,我打电话给许家杰之后,便送了小陆去医院打点滴。

小陆应该还在医院。

我此刻很想去救她,可连自己也救不了,像是被淹没在深深的河底,河水涌入我的肺部,氧气一点一点消失,无法呼吸。那具严重腐烂的男尸,仿佛就在我面前。

水猴子……水猴子是赵弈!

外婆一定知道,所以她当年去城隍庙超度,不是为了外公,是为了赵弈。

那么，母亲知不知道？丁思辰又知不知道？

赵弈为什么会被冲上河滩，他是被谁扼杀在了河底？

是谁？

意识渐渐消失，我最后看到的图像，是冲上前来的许家杰。

·　·　·　·　·　·　·　·

雨下得好大。

但是，河边，树下，12点，这是约定。丁思辰这样鼓励自己。

当她耗尽所有力气，终于来到河边时，那条熟悉的河在夜雨中泛着蓝色的幽光……

辜清礼！她看见了那个身影，于是她奔跑过去，仿佛奔向她的宿命，所有剩下的力气仿佛都用于这次奔跑。在这一瞬间，她突然想起一件事——嘴上的口红是不是被雨水冲掉了？她看起来是不是很憔悴，很苍白？

不，不行，在她倾慕的人面前，不能如此狼狈。

丁思辰摸向口袋，摸到那只小小的圆柱体。

雷声与闪电同时来临，在雪白的光芒照亮对方的一瞬间，她看清楚了他的脸。

赵弈。

为什么是赵弈？哪里出了错？

她想拿出口红，却发现那个藏在口袋里的小小圆柱体，并不是露华浓，而是针灸课时用到的放血三棱针。错了，一切都错了。

到底从什么时候开始，错了？

是从喜欢上辛清礼的那一刻开始？

还是从接受赵弈的好意开始？

赵弈，这个赵弈，当所有人都在质疑她的品行，对她避之唯恐不及时，只有赵弈会走来问她早安，和她说再见。

印象中他总是什么都抢着做，班上的黑板报、值日，都是他帮忙。

今天在学校罚站的时候，她晕倒了，是他把她送去了卫生站。她一路上喃喃自语着夜晚的约定，他要她小心，要她乖乖留在宿舍。那时的她，完全听不进去。

而她的喃喃自语，一定是被赵弈记在了心中。

现在丁思辰后悔了，她不该让赵弈发现的。她的秘密不能被发现，这个对她那么好的傻瓜，不能知道这一切，她的肮脏、她羞耻的秘密，不能……

但太迟了，从一开始就错了。

错误，必须被掩盖！

手被三棱针锋利的针尖刺痛，那一瞬间，赵弈的脸就在面前，那健康的脖子，一跳一跳的大动脉就在眼前。

丁思辰拿出最粗的那根三棱针，她想收住自己扬起的手，可是已经来不及了。

血被雨水迅速冲淡，丁思辰的眼睛里，仅剩的红色消失了，陷入一片只有闪电和黑暗交织的黑白世界。

195

风暴,她喃喃地说,风暴来了。

这一刻,丁思辰知道,一切都回不去了。

很多很多次,她在河边拼命地跑,手与脚被杂乱的树枝石块划伤,但她只能跑。

最后,还是被那些人追上。

她倒在河岸上,衣服被撕碎成一块一块,散落在雨水中,像五彩莲花。少女洁白的身体,此时身处风暴的中央,被吞噬,被席卷。

这不是第一次,她也不知道自己为什么又回到了河边,进行这一项无可躲避的仪式。不同的男人,像无家可归的乌鸦,又像撕扯腐肉的野狗,轮流黏在她的身上。丁思辰看不清那些男人的脸,只是隔着雨水,闻到橘子的味道。

她明白了,是因为那些橘子。

她用力抬起头,终于看到了那张她心心念念的脸,辜清礼。

他提着一袋橘子,月光照亮他那斯文的下颚和眉目。他从不狰狞,从不狼狈,只是坐在一旁冷眼看着这一幕幕,把橘子一片一片吃进嘴里。

救……

丁思辰的喉咙发出这样的求救,但很快,嘴就被堵住,一丝声音也发不出来。

辜清礼把目光移开,又撕开另一颗橘子的皮。

丁思辰这才意识到,他是在把风,为那些"野狗"和"乌鸦"把风。冷漠的眼角后,他从来,从来没有把她当成过一个爱他的女人。她只是一个工具,一个因为意识迷糊,因为天生有病而被他选中的工具。

并且,是她主动送上门的。

心里、身体里,有什么东西,碎了,她甚至能听见破碎的声音,听起来就像风暴席卷过海岸,撞破那些玻璃,那些屋顶。在夏夜蝉鸣里,在寂静的河滩上,一切曾经在她的幻想中如诗如画,但,现在一切都结束了。

丁思辰闭上眼睛。

风暴是橘子味的吧?她尝试这样想。

不知过了多久,再睁开眼时,"野狗"已经散去。辛清礼在她面前放下一颗橘子。

为什么……她嘶哑的喉咙想要发出这样的疑问。

而他没有听到她的声音。他蹲下身,为她剥了一颗橘子,亲手喂到她的嘴边。

她茫然而顺从地张开了嘴。

忘了从什么时候开始,丁思辰就选择生活在幻想世界中。她幻想了和辛清礼的一切罗曼史。她觉得只要幻想这一切是辛清礼做的,就能过去。

何况,辛清礼说了,他会补偿她的。她信了,相信只要忍受完痛苦,就能得到最后的奖赏。

她甚至幻想和辛清礼有过一个孩子,在那失去的一年中,她怀着隐秘的期盼等着孩子的降临,最后却是一场空。

但所有人都不知道的是,丁思辰真的生了一个女婴,孩子爸爸是谁,已经无从考证了。

· · · · · · ·

苏美娟的供词

其实我的丈夫辜清礼,从头到尾只看中了我一个人。

他追求我,是为了家庭前途。辜清礼是农村户口,希望找到一个能带他离开农村的女人,而那个女人又不能有太过显赫的家室,因为他不能忍受被人控制。

单亲家庭出身的我,是最好的选择。

婚姻对他来说,是一种逃离命运的手段。当然,他在追求我的时候,并不知道自己不能生育。

丁思辰的事情发生以后,辜清礼去找了我的母亲,正式向她请求和我结婚。那时候我对他根本没有喜欢,可母亲却同意了。

当时的我,不懂为什么母亲会这样对我。我不理解,但我还是接受了。

反正我是不爱他的,所以才会在忍无可忍的时候给他下了足量的氯化钾。他天生有心脏病,我以为不会有人发现。

作案过程?我记不太清楚了,尽量回忆。

2000年9月27日晚上,对,就是案发那天。前一天我女儿发了高烧,我和辜清礼又吵了一架。为什么?……我有点忘了,我们经常吵架,总之那次我是真的忍不住了。本来想把女儿送去她外婆家再动手的,可是在路上,因为我指错了路口，辜清礼甩了我一巴掌，当着女儿的面，我就觉得过不下去了。

所以，就提前动了手。

就是纯的氯化钾。怎么得来的？我是中药房的，以前也在实验室待过，买这些化学原料不是什么难事。

本来想他死了就算了，没想到，他死前扭了方向盘，直接冲上对面车道。

我也付出了代价，你看我的腿。

你说，我不怕女儿在车里也会出事？

……

没想那么多……因为女儿不是我亲生的。

她自己也不知道，不过你们现在可以告诉她了，她大概也感觉到了。

她的亲生母亲是我妹妹丁思辰。丁思辰是怀了孕，这一点她倒是没有记错，只是孩子不是辜清礼的。不，我不知道是谁的，没有人知道。我妹妹当时精神已经开始有问题了，她在外面被谁欺负了她自己也不知道。

当初，我妈答应让辜清礼和我结婚，条件就是他必须成为丁思辰女儿的父亲。一开始他不答应，嫌有个小孩麻烦。

后来我妈拿了张体检证明给他看，上面写着他生育有障碍。他就答应了，因为他生不出小孩。

所以，我成了我女儿的母亲，他成了父亲。

我为什么愿意？我也没办法，做姐妹的，只能帮到这儿了。我妹妹都疯了，孩子谁养？

我是傻，当初做错了决定，葬送了一生的幸福。

所以后来我杀了他，和任何人都无关。

但我们家帮辜清礼家还了债，甚至我妈老房子的地契都给了他的债主。我是忍无可忍了，才会动手的。

还有，辜清礼会虐待我，因为他在他家是独子，所以他生气我们没有儿子，他也生不出儿子。当然，现在没有任何人能证明这一点了，你问我女儿也没用。每一次我们吵架，我都把她送去外婆家。

总之，我承认我做了错事，但辜清礼也不是什么好人。

对了，叫我女儿别伤心，因为那个坏人不是他爸。

当然我这杀人犯也不是她妈。

让她好好生活吧，有空去精神病康复中心看看她妈。我呢，就不用来看我了，毕竟这些年，我也没有用心待过她。

我只是尽了点责任，完成一场虚幻的缘分罢了。

苏美娟口述

2018 年 10 月 11 日

· · · · · · · ·

我在高医生的会诊室醒来。

高医生不在，只有小陆在我身旁。

你没事吧？我立马捉住小陆的手。

你不记得了？小陆瞪圆了眼睛望着我，是许家杰把我们送回来的。

算他有良心，我心想。从床上下来活动活动筋骨，看了看窗外，蓝天白云绿树，一切如常。

小陆啊。

嗯？

我妈真这么说，不让我去看她？

她不是你妈，小陆担忧地看着我。

其实我早就感觉到了，不知道为什么，她对我的态度，就不像是母亲，更像是……严厉的上司，我说。

我倒不觉得，她对你其实挺好的。有时候放任不管，也是一种爱吧。

是吗？我苦笑。

也许她就是因为知道自己不是你的母亲，无权干扰你的人生，所以宁愿给你充分的人生自由，小陆小声说。

我沉默。

我在小时候，不停尝试向她索取爱，可她一直维持距离，只给予适当的庇护。最后我放弃了，我去做了演员，故意背道而驰，流离漂泊，不敢停靠在任何地方，不敢信任任何一种关系。

小陆的声音打断了我的思绪。

你会害怕吗？你妈不是你妈，你爸也不是你爸，你害怕吗？小陆问我。

说实话，没想象中那么怕。我演过很多戏，戏里比这倒霉的事情多了去了。

可那是戏，不是真实的。

又怎样？我的人生一直在一种不确定中游荡，其实潜意识里什么都知道，只是不愿意去承认。就像伤口里明明有一泡脓，你不去割，由它捂着烂着，直到死都是痛苦的。现在一刀割下去，反而轻松了许多。

你能这样想，我真的很开心，小陆由衷地说。但是，我觉得你还有一些事情没有搞清楚，你不想带着疑惑继续生活，小陆接着说。

什么意思？

我问你，如果你有个素未谋面没有一起长大的姐妹，她有个孩子，自己带不了，要你来做孩子的母亲，你愿意吗？

我一愣。

而且，你母亲还要求你带着这个孩子去嫁给一个你根本不爱的人。你愿意吗？

我迟疑了，久久无法点头。

可是苏美娟和丁思辰，从小就信件相通，她们虽然没有见面，已经是灵魂伴侣。我尝试说服自己。

仅仅因为这样，就把自己以后的幸福完全放弃，合理吗？小陆问。

我再一次哑然，不知道如何解释母亲的执念，但我也明白，执念不能解释一切。

还有一个问题，你爸，不对，辜清礼，凭什么他向你外婆提出娶苏美娟的要求，你外婆就同意了？男人那么多，肯抚养你的不会只有辜清礼一个，而且他家又欠了债。他凭什么？小陆咄咄逼人。

我的脑子一片混乱，就在此时，我看见了高医生房间里的针灸图。

三棱针……

赵弈……

果然一切又回到了"水猴子"身上，外婆口中的"水猴子"……因为赵弈！我说。

也许是丁思辰被辜清礼捉住把柄了。对，那段时间丁思辰一直在跟踪辜清礼，所以河边是辜清礼回家的必经之路……辜清礼目击丁思辰杀了赵弈，以此威胁外婆，外婆为了保护丁思辰，所以同意了婚事……

有可能，很好的猜测，小陆也开始焦虑起来，她们母女仨，合力隐瞒了赵弈的死，并且想要辜清礼也闭嘴。

所以问题又回到原点。

苏美娟为什么愿意为了保护丁思辰而牺牲自己？

小陆一双圆圆的鹿眼望着我，那眼中的锐利之光让我一时间几乎想要退缩，但她捉住我的手，死死地盯着我：再好好想想吧。

我想不到，我叹气。

小陆说，我带你去见她，你一定要想起来。

她的眼神我从未见过，如此咄咄逼人，不许我有一丝退缩。

在高医生的安排下，我得以再次拜访丁姨。

大概因为天气真的变凉了，丁姨在病服外披了那件西装外套,戴了顶毛呢帽子,又在腿上盖了块灰色方格羊绒围巾。我看到那围巾质地很好,记起母亲也有一条,是她唯一一次出国旅行时在英国买的。

这背影,竟非常熟悉。

我走上前,想仔细看看她的脸,看看可否找出与我相似的端倪,可惜从她那沟壑纵横的伤疤中,我只能看出一双眸子,黑黑的,像闪烁的龙眼核。

不太像我,倒是有点像小陆,我心想。

而小陆只是默默退出门,留我一个面对生母。

浅蓝色的病房里,有着令人昏昏欲睡的心理暗示。我的生母此时坐在床边,像一只受伤蛰伏的野兽。我从她的眼睛里看出悲伤暗涌,因而我知道,她什么都知道,但她拒绝再发出声音了。

我坐在她身边,尝试把母亲现在发生的事情告诉她,并告诉她,母亲可能有一段日子不能来看她了。

丁姨仿佛听懂了,转头看着我,仔细端详后,又开口叫我"洁洁"。

洁洁,她不是第一次这么叫我。

而从她眼里炽热的光中,我突然意识到她不是在叫我。不是"洁洁",而是"姐姐"。

姐姐是谁?只能是苏美娟。外婆叫苏美娟,也是叫"姐姐"。

我站起身,把房门关上,再走到她的身边,慢慢蹲跪在她的腿边。

姐姐……

丁姨的眼睛望着远方，依旧喃喃地说着。她那虔诚的姿态，就像一朵开败的花，仍在等待太阳。

太阳与花。

我一直以为，母亲是那被庇护的花，然而或许我错了。其实，母亲是太阳，她才是姐姐。

如此一来，故事的开端就是另一个样子。

丁姨的眼神，仿佛回到了许久以前……

那是一段，她们以为自己会永远忘却的记忆。

．　．　．　．　．　．　．

这是市妇幼福利孤儿院今年第一次有访客。

来人是一位气质优雅的女性，据说是从县城过来的，但孤儿院的阿姨觉得，她的气质倒不像是县城出来的人。

这女人带了很多蛋糕分给孩子们。这些脏兮兮的孩子第一次吃到奶油蛋糕，个个急不可待。女人走到一个头发乱糟糟的小女孩面前，亲自把蛋糕递给她，但她咽得太急，不小心呛到喉咙。她用力咳嗽，不停咳嗽，咳得大家都心烦了。

小女孩最后咳出了一大团血。

女人大为紧张，不停询问阿姨这个小女孩到底怎么了。阿姨平时也没有那么多精力看护所有小孩，干脆睁一只眼闭一只眼，由着那个女人把小女孩带走，送去医院检查。

好在，那女人是个好人。半个月后，女人带着肺结核痊愈的小女孩回来了。不仅如此，小女孩还被仔细梳洗，编了辫子，换了一身新衣服、新鞋子,像是变了一个人。

小女孩看起来新簌簌、白嫩嫩的,让阿姨都认不出来了。回来之后她的性格也变得开朗活泼了许多,女人似乎和她有了感情,经常来看她,送吃的送衣服。

但女孩夜晚总是哭,哭着说"不要和妈妈玩游戏了",当孤儿院的阿姨问她在玩什么游戏时,小女孩说:"一个假装妈妈不是妈妈的游戏。"

有一次小女孩半夜哭醒,跟阿姨说,妈妈不会再接我回家了。

阿姨心想,那当然啊,你是孤儿嘛,你本来就没有妈妈呀。

我有妈妈的,小女孩不停哭喊。

但从此以后,小女孩再哭,也没有人理会了。

而小女孩不知道的是,她那个长期住在精神病院的爸爸,再也认不出眼前的女儿了。

因为他眼前的"女儿",已经不是原本的那个。

木南薇这一生做了一件错事,就是把两个女儿调换了。她虽然曾经下定决心,但,当她看见孤儿院里小小的丁思辰时,始终没有办法放下那些乡村的寒夜,以及那个与她相互取暖,最后葬身在滇北山林奔流江水中的男人。

她已经承担着苏家媳妇的义务,村官家人的脸面,精神病丈夫的尊严,却始终做不到,全心全意地忘却前尘。

尤其是当她看到自己和那个男人的女儿咳出了一团血,那红色刺激了她,她不能不做些什么。

从此,丁思辰成了苏美娟,苏美娟成了丁思辰。

所以丁思辰才能帮苏美娟"承担"精神病遗传的厄运，因为从来她就是她。

当崭新的"苏美娟"开始了新生活之后，她偷偷给孤儿院寄信，其实是在和过去的自己对话。她躲在床底的狭小空间里，就像她以前在孤儿院一样。在床底下咳嗽，就没有人会责骂她吵到别人睡觉。她不是肺结核，她天生有哮喘，咳嗽起来根本停不住。

在那些秘密通信中，交换了身份的苏美娟和丁思辰，渐渐明白了什么，可都没有说出来。一开始以为对方只是自己幻想出来的伙伴，后来，这变成了一个解谜游戏，最后，这变成了一个秘密。

那个新的苏美娟，只能在长大之后，默默守护对方，无怨无悔，因为，这是她欠旧的苏美娟的。

同意嫁给辜清礼，是苏美娟在惩罚自己，也是在赎罪。因为她意识到，有人从很早开始，就在代替她经历痛苦。

太阳，怎么可能不去庇佑花？

丁姨的眼角，流下一滴眼泪。那眼泪顺着蜿蜒的疤痕，把短短的路，走了很久很久。

我不知道小陆从哪里得知了丁思辰早期的病历报告。那时候的她还没有自毁，在正确的引导方法下，尚肯说话沟通。据说高医生也帮了忙。丁姨的病历，是小陆自己从废弃了的资料仓库里，一份一份翻出来的。

那个年代，很多精神病人进了医院就是拿药吃药，能有一份详尽的病历已是难得。因而我隐约感觉到，小陆从很久以前就对丁姨非常关注。

当我问小陆时，她告诉我，丁姨是典型的创伤后遗症，记忆混乱，要经过多次访谈和分析才能找出脉络。不过她有直系亲属遗传的精神疾病，所以基本上很难康复了，只能维持现状。

我低下了头，说，小陆啊，我是丁姨的女儿，这么说我是不是也会这样？

小陆一愣，但很快露出一个显现了小虎牙的笑容。

你怕啥？我会陪着你，我们不分开的。

你会长大啊，我说。

有你在，我就不会长大，小陆轻轻说。

当时我还听不懂她的话。

离开博慈之舟时，我转身看了丁姨一眼，她仍旧没有说话，也没有回头，她的背影在夕阳下，形成一个刺目的轮廓。

18年前，咖啡厅中的那一幕又出现在我眼前。那个背对着窗户的男人身影，和此时丁姨的背影相重叠，融入血色的光线中。

脑海中一遍又一遍回忆起当时的画面，一次一次，我的回忆里，都漏过了这一段。

那个男人回了一次头，终于让我看清了"他"的样子。

"他"是丁思辰。

当时，比现在年轻很多的她，曾回头看了一眼窗外，像是在戒备什么。那时街上早已不流行垫肩西装外套，可丁姨还穿着十几年前的款式。她剪着短短的头发，脸色煞白，无任何脂粉，带着惊惧的神色。就是那一刹那，我可以确定，她是丁姨。

那日，应该是母亲把她从西山精神病院接了出来偷偷见面。每一年的那一天，她们都要在一起，庆祝"某人"的生日。

那个人，就是永远留在河底的赵弈，也是两姐妹永远埋在心底的人。

· · · · · · · ·

法庭上，母亲憔悴的脸像一朵枯萎的花。

她听从律师建议，把一切归于丈夫由于个人身体残缺而造成的家庭暴力，并且因为年代久远，没有直接证据能说明下毒造成了死亡。不得不说，这个律师很厉害，逻辑清晰，有情有理。

最后法院判了三年，又因为母亲腿部残疾而允许申请监外执行，可以说是很好的结果了。

我松了口气，和母亲遥遥对视，她也久违地对我笑了笑。

我看见陪审席后面坐着的许家杰，也对他笑了笑。我很感谢他，因为那个厉害的律师就是他帮我介绍的。

目送苏美娟离开后，我走出法庭。阳光洒进高高的落地窗户，感觉好像已经很久没有光线照在脸上了。我突然很想见一见许家杰，想和他吃个午餐，喝一点好喝的酒，聊些随意的话题。事情似乎尘埃落定，我想要开心一点。

从法庭鱼贯走出的人中没有许家杰，我绕着走廊寻找他的身影。此刻我很想抱抱他，如果可以的话。

当我路过一面全身镜时，猛然看见了镜子里的自己：长发有些不修边幅，脸色有些苍白，大概是因为最近感冒了，可脸上，是确确实实挂着笑容的。

一切都在好起来，我对自己说。

镜子中，突然有什么映入视线……

镜子倒映的空间，是一片小小的咖啡区，因为刚好从楼顶洒满阳光，所以被围了出来。中午没有营业，无人使用的木质桌椅中，只有两个人，小陆和许家杰。

此时他们正在紧紧拥抱，那么亲密，看起来就像一对共赴生死的恋人。

我愣在原地。

阳光过于灿烂，让一切变得不真实，镜子中的场景仿佛来自最拙劣的爱情电影。

那个抱着我，说永远不离开我的小陆，此时正抱着另一个男人，一个与我亲密到分享过身体和秘密的男人。

我苦笑。

转身飞跑，生怕被那同样的阳光再次照耀，我会灼伤。就让我生活在黑暗里吧，也许我只配生活在黑暗里。

我不想回租的房子，于是逃去了母亲的旧居。租的房子里有太多我和小陆共存的痕迹，甚至还有一只活蹦乱跳的猫。

午后的阳光从积灰的玻璃照入旧屋，我知道一切都会过去的，就像这旧屋即将被新的主人接手，到时候，什么都过去了。空气里弥漫着旧日烟尘。我开始意识到自己孤身一人，是真正的孤身一人。

关于孤独这个词，因为一向习惯如此，所以从来没有想太多。即使身处最热闹的人群中，也知道孤独在我身上落下了烙印。即使夜晚抱着某人入睡直到天明，肌肤间满足了最亲密的可能性，也是孤独的。孤独是因为没有同类，或者根本不屑与万事万物拉上关系。更有甚者，是因为即使有同类，我也知道靠近对彼此都是伤害。

习惯了躲起来舔舐伤口，因此伤口不会有结痂的一天。

小陆大概是唯一一个异类吧。

她那种不管不顾，不怕受伤的乐天性格，让我对她放心，觉得无论如何，我都伤害不到她，因此才终于决定接受她进入我最黑暗的世界。

而她却伤害了我。

她先是闯入我的生活，假装安慰我，其实是在试探我、窥解我，然后她说她爱我，拥抱我，陪伴我，给我面对真相的力量。

可是现在，她又背弃我。

从头到尾，这一切看起来像是一个局。

她的目的何在？

我把自己放倒在房间地板上，四周杂物肆意堆积，灰尘在空气中肆意起舞。这个旧的世界混乱、疯狂，我曾不顾一切想要逃脱，但现在回到这里，置身于这一片记忆的乱坟岗，竟让我感到安全。

尘埃落定的时候，我看见书架上，摆着一本熟悉的日记本。

那日夜晚在这房间捉猫，这本日记不是被我带回出租屋了吗？

是谁又把它放了回来？

我疑惑地起身，只见日记本端端正正地放在桌子上，就像预知了我会发现似的。

我翻开日记本，内里还是夹着爸爸，不，辜清礼和母亲的旧照片。

不对，有哪里不对。

我突然发现，在我习惯性只写单页的日记背面，在每一张纸的背面，竟然都写满了密密麻麻的陌生文字。

我的手在颤抖，心里一阵发麻。

那笔迹非常稚嫩，不知道属于谁，但当我仔细阅读这些文字的时候，看到了另一个故事。

日记是从 2000 年 9 月开始的。

· · · · · · ·

2000 年 9 月 10 日，星期天，晴天

今天妈妈说要带我去小主持训练班。

但其实妈妈是带我去看一个人，这是我和妈妈之间的秘密。

虽然丁姨在一间很大的医院里，可她的病房一点也不臭，楼下还有个大花园。丁姨对我很好，总是不停请我吃东西，还帮我扎辫子，féng 衣服上的小扣子。

丁姨给我讲了一个仙 hè 和狐狸的故事，狐狸请仙 hè 喝汤，结果故意用浅碟子，让长嘴的仙 hè 喝不到，仙 hè

气坏了，也请狐狸喝汤，故意用了细长的瓶子，狐狸也只能干着急。

今天很开心！衣服上的扣子也很美丽！

下星期就是艾里奥斯的街舞比赛了，我要穿什么衣服去看比赛呢？

2000年9月16日，星期六，雨天

今天爸爸去广州出差，妈妈又带我去看丁姨。

路上下了很大的雨，所以我们淋湿了。见到丁姨以后，护士姐姐还帮我kǎo干了衣服。因为下雨所以不能去花园玩，丁姨就在房间里不停给我讲故事，讲了好几个，我有点记不住。有一个卫兵的故事，还有一个送子鸟的故事。

因为怕有大雨，所以妈妈很快就带我回家了，还给我煲了姜柠乐。

希望不要感冒，希望不要下雨，因为明天就是艾里奥斯的街舞比赛了！

一定要加油啊！

2000年9月17日，星期天，雨天

今天是艾里奥斯的比赛日，可我不能去。

妈妈要带我去看丁姨，她说，如果我不去看丁姨，爸爸就不会带礼物给我。

我想哭，可是为了得到爸爸带回来的礼物，我只能让火野丽代替我去看艾里奥斯的比赛。

上午我发现我感冒了,但妈妈还是坚持要带我看丁姨。

但是今天,发生了奇怪的事。

爸爸本来说明天才回家的,结果一到医院楼下妈妈就很紧张。她说看见了爸爸的车,妈妈叫我赶快躲起来。

我偷偷跑到丁姨病房旁边,因为我很想知道爸爸从广州带了什么礼物给我。

但我不能让爸爸知道我看到他回来了,这样礼物就不惊喜了,所以我偷偷 pā 在病房门口往里面看。我看见爸爸坐在丁姨对面,丁姨一直在吃橘子,原来丁姨那么喜欢吃橘子。

没想到,丁姨吃着吃着,突然就站起来把橘子扔开,然后不停打爸爸。我吓坏了,但又不敢站出来。

我担心爸爸被丁姨打 shāng 了,可是结果爸爸力气更大,他把丁姨摔在地上,丁姨就开始哭了。我吓 shǎ 了,然后妈妈就突然出来把我拉走了。

回家路上,妈妈带我坐了出租车,在车上她也不停哭。我问妈妈为什么哭,她告诉我,她最爱的人死了。我也跟着哭,我最爱的人是爸爸和妈妈,我好害怕会失去他们。他们会离婚吗?妈妈最爱的人不是爸爸吗?

不要再下雨了好吗?

2000 年 9 月 25 日,星期一,大风

爸妈在客厅吵架我听见了,我真的很害怕。我听见爸爸

说他要走，我害怕他不会回来了。

　　因为妈妈经常 piàn 爸爸，比如：我以前看见过，妈妈在咖啡厅和别人见面，又 mán 着爸爸带我去见丁姨。妈妈为什么什么都不告诉爸爸？

　　所以我全部偷偷告诉了爸爸。我是不是错了？让爸爸更生气了？

　　我必须做些事情，不能让爸爸走。

　　爸爸好像很累，很 xū 弱。

2000年9月27日，星期三，雨天

　　我真的很厉害，果然又让自己感冒了！39.5℃！

　　昨晚半夜开了窗，一直吹风淋雨，有点冷，可是真有用，我太厉害了！

　　虽然身体很难受，但好歹爸妈 zàn 时都关心我，昨天送我去医院吊了点滴。爸爸也不像要走的样子，还给我吃他同事从日本带回来的话梅糖，据说很贵，咸咸的甜甜的，可好吃了。

　　我不舍得一次吃光，就吃了一颗，我要留着以后难受的时候再吃。

　　但是妈妈突然说晚上要送我去外婆家。

　　为什么妈妈要这样？是我好不容易把爸爸留下了，她为什么要送我走？

　　晚上爸爸就要开车送我们去外婆家了，我的头又痛起来了。

上帝保yòu爸爸不要走！

爸爸今天送我去医院的时候咳嗽了几声，我该不会传染给他了吧？

我要为爸爸做些事！

日记戛然而止。

9月27日！当晚就是那场车祸，难怪，日记不再继续了。

我开始明白了。

我久久站在窗口，直到阳光变成血红的斜阳。当那点血色直直射入眼睛时，我惊醒过来似的，迅速拨通了许家杰的电话。

几下候机声后，许家杰接了电话。

对不起心洁，其实我认识小陆很久了……许家杰大概知道我看见了那一幕，想要跟我解释。

不，我不想聊这个，我想问你之前帮我查的赵弈。你说他的母亲之后几年一直在闹，闹到哪一年？有没有记录？

许家杰一愣，你等等。

很快，电话那头传来许家杰的声音。

她一直在不停上访，一直到2000年吧，还被刑事拘留了。伤人罪，她跑去了一家精神病康复院闹。

然后呢？

然后就没有记录了，怎么了？

2000年……2000年……太巧了……

什么太巧了?

我现在要见我妈,现在!能帮我安排吗?

你妈妈?许家杰犹豫着。

是苏美娟!她还在看守所,拜托!

· · · · · · ·

许家杰让我以为残疾人送生活必需品的理由,帮我在天黑前见到了苏美娟。

当时她被人推着轮椅,进入会客室,看起来从未有过的柔弱,倒像是个真正的弱者。

谢谢你帮我送这些东西,苏美娟冷冷地说。

妈,我喊她。

我不是你妈,她说。

女警说了句,你们快点,半小时后看守所真的要关门了,然后就在我诧异的目光中走开了。我看了一眼许家杰,他对着我点点头,然后也走开了。

小小的房间里只剩我们俩,时间有限,我必须抓紧时间。我凑近母亲低声说:

那个人,其实是被爸爸杀的,对吧?

母亲的脸色在一瞬间凝固。她是知道的。

许久,苏美娟轻声说:无论如何,他也不是你爸爸了。

其实我一直想不明白你有什么动机杀辜清礼,现在我明白了。丁思辰在河边被人强奸,辜清礼也是帮凶之一,他为了还债，对吧？

欠了高利贷，为了还债，于是利用了喜欢自己的丁思辰，一次又一次约她出来，其实是用她的身体向那班村子里放高利贷的拖延债款。

这事被赵弈察觉了，他跟踪丁思辰，想要保护她，却在那个晚上被杀了。

之后丁思辰就疯了，所以这事你和外婆一直以为是丁思辰做的。其实不是她，动手的是辜清礼。

但辜清礼还是不放心，所以千方百计娶了你，就是为了看住丁思辰。

……直到2000年赵弈的妈妈闹上西山精神病康复院，那时候，辜清礼为了不让丁思辰说出那晚的事情，亲自去精神病院威胁她。这刺激了丁思辰，让她当晚就划脸自杀，结果失败了……你这才意识到，辜清礼比你想象中要邪恶许多。

你为了保护我才把我送到外婆家，结果路上出了车祸……我声音颤抖，语无伦次。

母亲平静地看着我。

你来给我送东西，我很感激，但如果就是为了跟我说这么一个荒谬的故事，我觉得真的没有必要。回家吧，叫许家杰带你吃点好吃的，你都瘦了。

世界在眼前天旋地转，我感觉空气越来越少，喉咙火辣辣地疼，缺水，缺氧……

你怎么了？

我摸着额头,滚烫无比。

39.5℃,不知怎么,我这样说,仿佛回到了那个发了高烧的夜晚。

39.5℃,那是当时为10岁的我量体温的母亲念出来的数字,一个字一个字像是具象化了一般,砸落在我的周遭。

39.5℃。以前每次发烧,母亲都会给我煮姜柠乐。可乐、姜、咸柠……咸柠,如果没有咸柠怎么办……

用话梅,母亲说过。

没有可乐用蜂蜜,没有姜肯定不行。这是外婆教她,她教我的。

我的脸色变得苍白。是的,我想起了,我真的想起来了。

2000年9月27日,我们开车回外婆家前,爸爸咳嗽,我担心爸爸被我的感冒传染,所以自己偷偷煮了一大壶姜柠乐。

没有咸柠,我就咬咬牙,把他从广州带回来的日本话梅糖全部放进可乐里。

我想让他开心,所以把他带给我的那些话梅糖果全部融化在里面,其实我真的很想吃,可是最终只舍得留了一颗给自己。

话梅糖!我说,是话梅糖!

那些所谓的日本话梅糖,都是散装的,其实根本不是什么日本话梅糖。

辜清礼想先杀我。因为他知道,我是丁思辰的女儿。

酸的话梅,加了氯化钾,就成了我以为的"话梅糖"。

丁思辰没有自杀成功,活了下来,所以辜清礼失去了耐心。

而我的存在，每时每刻都在嘲讽他的过去。

他知道丁思辰认得我，她的女儿。因此，他必须要再次刺激丁思辰，彻底击毁她，让她永远闭上嘴巴。

他要干干净净地消除过去。

但他不知道，多年前他对丁思辰说"我会补偿你"，而对我施舍出的那一点点怜悯，竟让小小的我感激涕零，最后变成了杀死他自己的武器。

真正的杀人凶手，是我，那个10岁的我。

是我把他杀了，用他亲手给我的毒药，融入一瓶可乐里，当作讨好他的礼物。

我终于明白了，"我"存在的意义，是因为那些被刻意忘却，那些为了自我保护而隐藏、创造的一切……

在眼泪折射出的迷雾里，我看见母亲亦含着眼泪，仿佛知道我在想什么。

当年，她一定早就想明白发生了什么事。所以从此之后，再也没有给我煮过姜柠乐。

所以面对许家杰的追查，她才那么快就承认了一切，她是为了保护我。

最后苏美娟把食指放在唇边，做了个"嘘"的手势。

我的非亲生母亲苏美娟，她亲手把最黑暗的一切掩埋在河里，却不知她的女儿早就偷偷潜入河中，寻找被淤泥掩盖的真相。

但在河水中，她的女儿太过惊慌，忘记了自己是谁。

现在，我终于在苏美娟的瞳仁中，看清楚了自己的样子。那是我最熟悉,也最陌生的样子。

小陆啊,苏美娟说。

你长大了,以后要好好的,知道吗?

知道了,我说,我知道要做什么了。

· · · · · · · ·

从看守所走出来时天已经黑了,月亮悬挂在深蓝色的天空中,正正从中间裂开一半。

为什么突然要见苏美娟?许家杰在我身后问我。

我没有说话,一直低头走着。当走到路的尽头,我看见路灯下,有一辆车和一个人。

车是我的车,小陆站在车旁,她的面目模糊,只有一个熟悉的剪影。

多么熟悉,熟悉到我差点弄丢了。

我走上去,抱住小陆,抱得那样紧,像是合二为一。我知道,我已经走过最危险的水域,我上了岸,我们已经安全了。

但我真的累了,小陆也似乎感觉到了我的沉重,死死地撑着我。

心洁,加油挺住,她呼唤我的名字。

我的眼泪流了下来,我多么,多么想听她再叫一次我的名字,可是不行了。这名字,不应该再存在了,我想。

我轻声对小陆说,上车吧,我们回家。

小陆犹豫了一下,点点头。

转身望向许家杰时，看见他正一脸担忧。这一刻，我知道我们其实认识了很久很久。

放心，会把小陆好好还给你的。

许家杰久久地看着我，最后，他摸了摸我的脸。

谢谢你，心洁，很高兴认识你。

关上车门后，我从后视镜看到许家杰。再见，我在心里这样与他告别。

一路穿过城市的灯火，前方就是那座桥，通往西山的桥。

可这不是回家的路啊，小陆疑惑。

从来就没有家，我回答，把车在桥边慢慢停了下来。

你到底怎么了？小陆有点慌乱。

对不起，小陆，恐怕你真的要搬走了。

为什么？不是说好了要住在一起的吗？小陆急了起来。

我摸摸她的头：不行，你长大了，必须要学会一个人生活。以后的路你必须一个人走。

小陆瞪大眼睛，不可置信地看着我。

一直以来，我都没有真正了解过你。你的人生，你的家庭，你的过去，你从来没有告诉过我，我看着小陆。

小陆低下了头。

你是一个怎样的人？你是怎么长大的？你的家人在哪里？

小陆的眼眶变得红红的。

我不知道⋯⋯

你不是不知道，你是忘记了，我柔声说。

你曾经跟我说过你为什么要读心理学,是因为你最好的朋友,对吗?

小陆茫然地点点头。

真的是这样吗?

我伸出手,摸了摸小陆的头发,又拉起她的手,摸了摸自己的头发。

有一次我在高医生那里醒来,看见一份病历,我说。

小陆的眼中噙着泪水。

那份病历上写着,有个修读心理学的女孩,自杀 14 次,在去年进了康复中心。第 14 次自杀未遂后,她的记忆出现了问题。她不记得之前发生的所有事情。

我凑近小陆,仔细端详着她的脸。

这个女孩,不是你的好朋友,也不是我,是你。

你来找我,是为了找回你的过去。所以,我不认识你,但你认识我,从一开始就认识我,从很小就认识我……

别说了!小陆用手捂住耳朵。

不要再说了!我们回家,我们现在就回家!你不要再说了,我不要离开你。

小陆抢过方向盘,用力踩下油门,车子猛然发动,向前冲去。

小陆!我大叫。

我们会好起来的!小陆大声说,不是之后要去剧组里演女杀手吗?你要做个好演员,要和我一起好好养咪咪,我们还要去吃牛排、花甲粉……

根本就没有辜心洁！我说。

我打开手机搜索我的名字，出现的图片是一个我们都不认识的女演员。她43岁，已婚，现在已经和丈夫移民加拿大。

还有岑佩琪，业内知名经纪人，台湾人，根本不可能出现在这里。

许家杰和你从小就认识，他的爸爸和辜清礼根本就是合伙人。

不！

小陆大吼着，胡乱扭动着方向盘。

我把我的微信头像递到小陆面前，那是一个戴着假发，瞪着大眼睛，即使化着和外表不相称的成熟妆容，看起来却仍像是高中生一样的女子。

小陆。

你看！我的头像就是你，因为我就是你创造出来的啊。

小陆死死地盯着手机屏幕，然后盯着后视镜里的自己。她的手松开了方向盘，抚摸着自己的脸，汽车向河边滑去……

就在车子将要冲向栏杆的刹那，我死死抱住小陆，用力拉起手刹，她的腿渐渐软下去，从油门松开。

我们在车中紧紧相拥。

她抱得那么紧，像个失去了心爱玩具的小孩子。这颗毛茸茸的小蘑菇头，我曾经那么惊愕她的闯入，那么恐慌她的干涉，也曾经得到她的抚慰、她的保护。但现在，终于轮到我为她做些什么了。

我低下头，吻了吻她的额头。

谢谢你让我经历这一切，我说。

不要走……小陆哀求。

你说，如果人死了之后会去天堂，那我死了之后会去哪里？

不要走，小陆只是无力地重复着。

我把小陆的手捧起来，看着她的脸。

我的人生，只是一场意外。现在我懂了，以后早一点去面对，早一点勇敢起来，就不需要受那么久的折磨，就可以早一点把更好的人生还给你。

对不起……小陆痛哭着。

不要对不起，你没有对不起任何人。从头到尾，你伤害的只有自己。以后不需要了，懂吗？我望着她。

懂吗？我再一次问，这一次我的手紧紧握住她的手，眼神紧紧捉住她的眼神。

终于，小陆点点头。

再次摸摸她的头发。好了，我要走了，你，自，己，回，家，吧，我坚定地说。

小陆好像终于明白了，她擦了擦眼泪，低头慢慢打开车门。她回头看着我，久久不肯关上门。

我对她笑了笑，但我知道，我也在流着泪。

很高兴认识你。

我也是。

我们这样对对方说了最后一句话。

小陆关上车门。

我最后一次看了看后视镜，里面的人，长发，美丽，却又千疮百孔。

再见，辜心洁。

这句话是对自己说的。

我将油门踩到底，冲向桥的栏杆。

夜色中，一道华美的弧线划过河流的上空，没有人看见。我就像一尾偶然游过的大鱼，跃过海岸线，深深沉入河底。

这城市华灯依旧，一切好像从来没有发生过。

桥上的短发女子看着桥下，漆黑的河水被城市灯光染成了彩色。没有人知道她在看什么，也没有人知道她在为谁流泪。

再见，辜心洁。

不，再见，火野丽，她喃喃地说。

这世界上唯一的你，陪我长大的你。

火野丽和水兵月，原本就是同一个人。

．　．　．　．　．　．　．

当我醒来时，阳光正好。

已经是第几次在这里醒来了？我揉了揉眼睛，搜寻着高医生的身影。

她站在窗边，端着一杯咖啡，转身看向我。她那上了年纪却仍然优美的肩颈，仿佛被阳光照得透明。

醒了？

嗯，我擦了擦嘴边的口水。几点了？我问。

下午4点半,他在楼下等你呢,高医生笑笑看着窗外。

我点点头,喝了床边放着的水,站起身伸了个懒腰。谢谢你了高医生,下星期再找你,我说。

等等,高医生叫住我,从桌子上拿起一份病历递给我。

下星期你不用来找我了,她说。

我一愣。

你观察一下吧,我觉得应该没事了,高医生微微一笑。

我茫然地接过病历。只见那沓密密麻麻的表格最上面写着——患者姓名:辜小露。

我恍惚地点点头,向高医生道了谢,转身走出房间。

小露,高医生在我身后说。

夜色中的桥很美,谢谢你让我也看见了。

我和前台姑娘打了招呼,走出康复中心。许家杰手里拿着一袋东西在门口等我。

今天很准时呢,许家杰说。

我冲他笑笑,接过他手里的东西,打开袋子,里面装着一盒城东老字号的红糖米糕。我立刻抓起一个啃了起来,甜甜糯糯的,一入口,立马全身上下服服帖帖。

走,许家杰打开车门。

去哪儿?

今天是个好日子,带你去吃好吃的。

不是正在吃吗?

我申请了,带上你妈还有丁姨一起出去吃。

所以……到底是什么日子?

许家杰不说话,扭开电台,车里的空气顿时被一首最近很火的口水歌充斥。在"动次打次"的节奏中,我听见一声弱弱的猫叫。我回头,看见车后座上,那只叫咪咪的傻猫终于忍不住,从猫咪包里探出头看着我,噌地一下蹿到我怀里。

今天到底是什么日子啊?我吃了药真的不记得了,不要欺负病人!我揉着咪咪的头逼问。

嗷嗷嗷嗷!咪咪抗议。

还是想不起来吗?在高医生那里睡一觉睡傻了?许家杰笑着说。你的 offer 收到了,博慈之舟社工辜小姐,恭喜恭喜。

我恍然。

双喜临门,我晃了晃手中的病历,高医生说我可以不用去见她了。

是吗?许家杰笑着说。

然后我们都沉默了。

药可不能停,过了一会儿,许家杰严肃地说着,我看到他的眼眶微微发红。

嗯!我用力点头,视线也不由自主地模糊了。

车子静静地飞驰在高速公路上,我们都没说话。

阳光透过车顶洒在我们身上,暖得让人忘记了刚刚过去的严冬。

自从大学修读心理学后,就一直在治病,那段时间真的太黑暗,黑暗得让我不想记起。直到去年我才重新振作起来,一边治病,一边重修临床心理学,再考社工证,半年前进了博慈之舟开始实习,同时接受高医生的催眠治疗。现在,实习期满,我终于得到正式工作了。

由于心理应激反应,我失去了过去的大部分记忆。而高医生找到一个方法,就是让我去和"另一个人"沟通,高医生说,在她身上有我心底所有的秘密。

那个人,有着长发、漂亮的眉目,虽有大大的黑眼圈,但即使不化妆,也很美丽。

其实,在 10 岁之后,我就认识她了。只是当时的我,没有意识到"她"到底是谁。她叫辜心洁,是当时一部热播剧中饰演"姐姐"的演员,但对我来说,她是火野丽,是我唯一的朋友。

我们"失散"了十多年。她有她的生活,我也有我的生活。

但她的生活,比我的糟。

痛苦的人,是她,不是我。自杀的人,也是她,不是我。是她替我忍受这一切,我所有的痛苦,都毫不负责地推给了这个"姐姐"。

直到我快要忘记自己。

这时候,高医生告诉我,要去主动找她谈谈,看看她的痛苦从何而来。

在无数次的催眠和治疗后,我终于鼓起勇气,去她住的地方,敲开了她的门,与她共处一室,成为最好的朋友。

她的颓废、歇斯底里,具有强烈的破坏性。她多次自杀未遂,曾让我担心不已。可也就是这样的她,摇摇晃晃,踮着脚,把我安然送回岸上,自己却永远留在河里,像美人鱼一样,化成了泡沫。

她的墓志铭,我会这样写:

　　辜心洁,1990—2019,终年29岁。我的火野丽、我最好的朋友。

这个墓碑会一直在我心里。

车子在郊区的一栋民宅前停了下来。

阳光照在咪咪的毛发上,它睁开眼睛伸伸懒腰,悠闲地舔了我一下。

我上去接你妈妈,许家杰说。

就在他要下车的时候,我拉住他的手,吻了过去。

许家杰有些诧异,但很快笑了笑。他关上车门,身影消失在破旧的楼道。

车子里只剩下我一个人,我看着后视镜里的自己,头发已经长到肩膀,我,越来越像一个人。

叮。

手机收到新的短信。

我点开一看,那个尘封许久的微信账号,就这样跃然出现在第一行。

　　小陆,好久不见:)

后记：Better Me

第一次为自己的书写后记，有点紧张，让我深吸一口气。

好了。不知道你们看完这个故事，感觉怎样呢？其实写到最后我哭得挺惨，因为我把过去的"我"杀掉了。

剩下的这个"我"会变得更好吧？

这部小说是 2018 年写的，那时我的状态有点糟，事业和感情都遇到瓶颈期。28 岁是女演员挺尴尬的年纪，身边的姑娘不是嫁人"上岸"，就是已经有了很好的事业发展，或者至少在静好岁月中自得其乐。我都不是。我在香港，亲人在内地，爱人在远方。香港的房子买不起，我的主业是做十八线女演员，副业是编剧。住在将军澳，离工作的 TVB 近，没戏拍的时候我经常去海边，思考我为什么走到了这一步。

本来我想写一写不红的女演员的处境，还给她安排了一个活泼开朗的社工室友。但写着写着，我觉得两个人物都是我。我也突然发现自己挺顽强的，打不死，至少我有两个"我"。

那段时间，我特别痴迷女作家的作品，凑佳苗、简·奥斯丁、爱丽丝·门罗……不论俗雅，疯狂地读，以前读过的就重读。潜意识里是在激励自己吧，我写了太多不知道什么时候会拍，即使拍了也不太清楚为什么而写的剧本……那时候已经对写剧本提不起热情了。

读了一阵子书，仍然觉得空虚。那时，我在拍《白色强人》，经常在摄影棚内搭建的急诊室里睡着，醒后却发现还没轮到我的戏。于是后来就随身带着笔记本电脑，开始在片场里写小说。

女人到了二十八九——也不一定就是这个岁数，反正我觉得是时候改变了，无论是"认命"，还是"不认命"，总要有个暂时性的结论。而我暂时性的结论就是写部稍微长一些的小说，写了再说。写完了能干什么？不知道。给谁看？不知道。

是迷茫在给我指示方向，是切实地摸索和碰壁，诚实地独处，寂寞和自省在给我力量，而那些力量，都来自另一个"我"。当你回溯、剖析，才发现成长的路上有很多曾经不懂的密码，现在突然破译了。自己是怎么走到了今天，也突然明白了。梳理的过程是有点折腾，但就像河流总有源头，此时此刻也总有来处。

最近在读《庆余年》，我喜欢书中人想要改变世界的念头。另一个"我"大概也喜欢，所以她总是风风火火、浑身是劲，即使现状再灰暗，也总是相信会去到彼岸、会有光。"等等看吧。爬起来去试戏，爬起来去海边骑单车，爬起来去做些什么。"她总是这样说。

人间痛苦万万种，谁都占几样。不自怜但悲悯，温柔且勇敢，可能是我能想到最好的人应该有的样子。中学时同班女生都喜欢薛凯琪的歌《Better Me》，"远处海港传来阵阵船笛，我一直飘零到被你捡起"。此时我觉得，这句歌词中的那个"你"，不是任何别人，是自己。

这两年，我依旧在演戏、写剧本、写小说，写了很多新作品，演了很多不太重要的角色，我的窗外，将军澳的海好像也还是一样，晴天蓝阴天灰，雨天有点可怕。我还是吃不胖，睡不够，永远粘不好假睫毛，没办法反手扣上内衣扣子，广东话的某几个字还是怎么也念不好，每次买的股票也总是跌得让我怀疑人生。

  但现在的我不那么迷茫了，不知道这是"认命"还是"不认命"。据说身体的细胞每过 7 年会全部完成更新，那么我确实是变成另一个人了吧。杀死曾经的自己，坚强地生存着。

吴汦默

2020/03/19 凌晨

香港